ALAIN CARPONSIN

A LA RECHERCHE DU PASSE

SECRETS DE FAMILLE

Frères humains qui après nous vivez
N'ayez les cœurs contre nous endurcis,
François Villon

A mes enfants et petits enfants
avec toute mon affection.

Septembre 2005. Le temps est radieux, l'arrière-saison dans mon petit coin de Gironde commence sous les meilleurs hospices. C'est un vendredi, je devrais être au travail en train de suer sang et eau. Je suis fonctionnaire.

Non, je ne m'épuise pas à mon dur labeur ! J'ai pris place dans un avion en partance pour me recueillir devant le mausolée d'Habib Bourguiba à Monastir. Penser à cette idée me fait sourire. Je ne vais pas pousser le vice jusqu'à aller me prosterner devant un homme qui a ruiné ma famille, même s'il a été un grand président pour la Tunisie avant de sombrer dans le gâtisme et se faire voler la place par Zine el Abidine Ben Ali. Ce dernier est devenu de plus en plus riche et les Tunisiens de plus en plus pauvres.

La dernière fois que je suis allé dans le pays de mon grand-père paternel, un affreux colonialiste selon les critères de l'intelligentsia de gauche, cela devait être en juillet 1957.

L'airbus A320 de la compagnie Nouvelair s'élance sur la piste de Mérignac avec une agilité à faire rougir le pauvre Breguet Deux-Ponts utilisé en 1957. Pour décoller il lui fallait toute la piste. Je me demande parfois s'il ne grignotait pas le gazon, en bout de piste, l'été à Marignane. Il ne m'a jamais fait goûter l'eau de l'étang de Berre pour la bonne raison que ce bon vieux coucou n'a jamais tué personne.

Chaque été, j'allais avec mes parents et mon éternel chapeau rejoindre ma grand-mère que j'adorais. Elle logeait dans un petit appartement d'un immeuble situé le long du chenal de Bizerte. Je n'ai pas connu mon grand-père « parti » en 1938 à la suite d'une opération qui aurait mal tourné, comme le soutient ma mère. C'est sûr ! Ma grand-mère décéda deux décennies plus tard en 1958 et mon père en 1978. Heureusement, j'ai pu conjurer le mauvais sort en 1998. Un mort tous les vingt ans cela devient monotone.

– Bonjour, Monsieur, vous désirez boire ou manger quelque chose ?

Le charmant sourire de l'hôtesse de l'air me sort de mes pensées et me ramène à la réalité.

– Non merci, je préfère attendre l'arrivée à Monastir en fin de matinée.

J'ai eu tort car j'avais occulté qu'entre Monastir et Hammamet, mon lieu de villégiature, il y avait plus de deux heures de route. Sans compter l'attente à l'aéroport pour toutes les formalités, l'attente du bus et l'attente tout court car on est dans un pays méditerranéen. J'ai pu grignoter à dix-huit heures.

Je commençais à nouveau à m'assoupir quand cette charmante hôtesse de l'air prit place sur le fauteuil de service en face de moi pour l'atterrissage.

– Puis-je vous poser une question indiscrète ?

– Oui, bien évidemment, dis-je avec un large sourire.

Elle était très jolie avec ses grands yeux noirs, ses cheveux longs et son teint légèrement halé qui va si bien aux femmes de là-bas.

– Il me semble que vous n'êtes pas un touriste mais plutôt une personne qui revient sur les lieux de son enfance.

– Vous avez raison, je suis en pèlerinage.

Cette petite phrase, « vous n'êtes pas un touriste », je l'ai entendue tous les jours avec une joie intense, car ils ne me considèrent pas comme un de ces milliers de touristes atteints de cécité que les charters déversent à longueur de journée depuis des années sur ce sol chargé d'histoire et de culture.

L'avion survole à basse altitude le golf de Tunis et la petite ville de Radès où ma grand-mère,

Emilie, a passé les dernières années de sa vie, au foyer familial de la rue Langlois.

Dès la sortie de l'aérogare, des odeurs familières, que je suis incapable de décrire car en la matière je suis un béotien, me renvoient à mes sept ans, dans le jardin arboré et fleuri de la maison de la rue Langlois où je passais mes après-midis à jouer seul avec mes amis imaginaires, Tintin, Pécos Bill et Zorro, pendant que mes parents faisaient la conversation à Emilie.

Arrivé à l'hôtel, j'ai très envie de me reposer un peu avant d'aller faire un tour au bar pour grignoter une petite corne de gazelle ou un kaak amande, de quoi me sustenter en attendant le dîner. En guise d'alcôve, une chambre froide ! Grace à l'intervention rapide de l'hôtesse d'accueil qui éteint la climatisation et bée la porte fenêtre, vers vingt-trois heures, enfin allongé sur mon lit, je rêve au lendemain.

EMILIE

Départ huit heures. Je ne suis pas très en forme car j'ai le pressentiment que ce voyage soulèvera des souvenirs refoulés, d'enfance et d'adolescence, enfouis dans ma mémoire depuis des années. La politique de l'autruche.

Aujourd'hui, Radès, cette petite ville construite sur une colline entourée d'une forêt méditerranéenne odorante et flamboyante avec ses lauriers rose et bougainvilliers, a laissé place à une banlieue quelconque. Seule la gare, Maxula Radès, édifiée au siècle de la machine à vapeur par les Français dans un style très caractéristique, me renvoie à celle de Queyrac-Montalivet, en plein cœur du Médoc. Elle se compose d'un bâtiment principal dédié au chef de gare et à la billetterie ainsi que de deux appendices : un local technique et le logement du préposé. La porte principale, en pierre maçonnée cintrée, donne sur la voie ferrée. Juste à côté, l'horloge pour vérifier la ponctualité de la micheline.

Cet édifice a une grande importance à mes yeux d'enfant. L'aboutissement de mes rêves de gloire. J'ai encore réussi à sortir vainqueur de la course épique entre une vielle micheline – qui avait survécu au passage de Rommel et aux bombardements des alliés –et un bolide conçu par Fernand Picard : la 4CV Renault découvrable.

En AFN[1], les distractions étaient rares pour un gamin de sept ans couvé par une mère autoritaire, hyper protectrice, anxieuse et inquiète. Le grand bonheur quand papa me glissait à l'oreille : « Tu prends le train à Saint-Germain avec maman pour aller voir mamie à Radès ». A l'arrivée de la micheline, l'excitation à son comble, je bondissais dans le train en bousculant les voyageurs, les chèvres et les moutons pour atteindre la fenêtre opposée et vérifier si la 4CV attendait bien le départ pour faire rugir son moteur. Si la voie ferrée Saint-Germain-Radès s'allongeait sans virage, il n'en était pas de même de la route. C'est en vainqueur que je coupais la ligne d'arrivée. Avec l'âge, il m'arrive de penser que l'amour paternel avait une influence néfaste sur la vitesse de pointe de ce bolide.

Vous comprenez mieux maintenant que la gare de Perpignan, centre du monde, ne peut rivaliser pour moi avec celle de Radès.

C'est avec la boule au ventre que j'actionne la sonnette de la maison familiale de la rue Langlois. Incroyable, cette maison de retraite

[1] Afrique Française du Nord, nom donné à l'ensemble géographique colonisé par la France à la fin du XIXe siècle

catholique existe toujours ! La décolonisation et son cortège de violences n'ont rien changé au décor. La maison à étage, très style 19e, est comme je l'avais laissée il y a quarante-neuf ans. Même la cloche, qui remplace le muezzin, m'attendait pour que je tire à nouveau sur la chaîne, au grand dam des bonnes sœurs. Seul le jardin magnifique de mon enfance avec bassins, fleurs et odeurs a laissé place à un désert poussiéreux où se battent en duel quatre arbres rabougris, le long d'un petit sentier qui permet aux sportifs d'accéder aux terrains de tennis aménagés dans le fond du parc. Cette maison de retraite fut exclusivement réservée aux mamies françaises ayant un bon standing. Elles pouvaient prendre le frais le matin et le soir dans ce parc arboré, aujourd'hui devenu un tennis. Cet après-midi au zénith, les cours sont vides.

L'infirmière de permanence m'accueille avec une grande gentillesse et, comprenant mon émotion, téléphone à la directrice qui me laisse libre d'aller sur les traces de ma grand-mère. Dans le couloir d'entrée, première porte à droite, le local à balai s'ouvre sur sa chambre. Le lit à gauche de la fenêtre, sa table de nuit avec le verre d'eau et les médicaments, et surtout son éternel sourire quand elle apercevait dans l'encoignure de la porte son petit Alain. Sur la chaise, sa valise en carton imitation peau de crocodile aux coins renforcés de cuir avec ses deux serrures renferme toute la vie et les petits secrets d'Emilie. Cette valise existe toujours. Elle contient les accessoires de Noël. Lien involontaire entre une valise, la naissance de Jésus, une vieille dame et son petit-fils, non ! Le point commun : des moments de bonheur partagés.

– Vous savez, Monsieur, il n'y a plus de Français, la grande majorité des résidents est d'origine italienne. La chambre de votre grand-mère étant trop petite, elle ne correspondait plus aux normes et a été transformée en local technique.

– Evidemment, les normes…

– Si vous avez besoin de moi, je suis à l'office, au fond du couloir à gauche.

– Je ne veux pas vous importuner plus longtemps. Pourriez-vous me prendre en photo le long du balcon à balustre de la terrasse dominant au loin la grande bleue ?

A cet endroit, en 1957, je posais avec mamie Emilie, Fernand mon père, mon chapeau et mon bateau, le plus beau des bateaux.

Un après-midi, le visage en larmes et des hoquets dans la voix, je me jette dans les bras d'Emilie qui se repose dans un transat à l'ombre d'un eucalyptus.

– Mon chéri, dit-elle avec son petit sourire moqueur, quel est le grand malheur qui te met dans cet état ?

– Ce matin, avec papa et maman, nous sommes allés faire des courses à Tunis et là j'ai vu un magnifique bateau : coque noire et voile rouge !

– Et alors ?

– Maman a refusé de m'acheter ce bateau !

– Veux-tu bien me donner mon sac à main posé sur la chaise s'il te plaît ?

– Voilà, Mamie, dis-je avec un énorme hoquet pour bien montrer l'étendue de ma souffrance.

– Fernand, prends ce porte-monnaie et retourne à Tunis chercher ce bateau. Il n'est pas question que mon petit-fils, que je vois un mois par an seulement, soit aussi malheureux.

Mon père, toujours respectueux des convenances familiales, prit à nouveau le chemin de Tunis. Douze kilomètres ce n'est pas le bout du monde, mais en 1957, au mois d'août, en pleine chaleur dans une quatre chevaux Renault – même découvrable – cela devient vite une sinécure.

Je suis maintenant la vedette incontestée. Preuve en sont les multiples photographies visionnées avant mon départ, où j'apparais toujours avec mon bateau, bien en évidence contre ma poitrine. Je suis un conservateur car il a navigué sur la Méditerranée, l'océan Atlantique et même caboté le long des berges du grand étang de la Jemaye[1]. Il doit dormir, aujourd'hui encore, dans un coin du grenier.

Parfois, il arrivait que ma grand-mère me fasse les gros yeux. Il faut dire que devant certaines situations, à l'impossible nul n'est tenu. A l'heure du thé, nous allions une ou deux fois dans le mois chez des amis très proches d'Emilie. Je devais dire bonjour à la maîtresse de maison avec un flegme très british. Impossible ! Même en serrant les poings à me faire mal. Bonjour, Madame Salepéteur.

Dans les bras d'Emilie je me sentais en sécurité et surtout compris. J'aurai tant aimé connaître mon grand-père...

---

[1] Plan d'eau périgourdin au cœur du massif forestier de la Double

AUGUSTE

Je connais de la vie de mon grand-père ce qu'on a bien voulu m'en dire. A cette époque le secret était de mise. Il ne fallait pas qu'une phrase absconse soit lâchée en public, donnant lieu à toutes les interprétations malveillantes.

Il est né le 15 février 1865 dans un petit village d'Ardèche : Mayres. Selon ma cousine, c'est la faim qui aurait poussé Auguste Ernest Georges dans les bras de la remonte, une branche de la cavalerie. Il s'agissait de fournir des canassons à l'armée française qui en avait grand besoin. En effet, ces pauvres chevaux s'étaient fait hacher menu lors de la charge héroïque et vaine de Reichshoffen. Bazaine et ses hommes ont eu un sort identique à Gravelotte. La mémoire populaire a retenu la chanson ainsi que l'expression *tomber comme à Gravelotte*. Mémoire populaire surtout pour les gens d'un certain âge. Les jeunes parfois : « Hitler, connais pas ! » Triste.

Engagé volontaire pour cinq ans le 26 juin 1883 à Pont-Saint-Esprit dans le Gard, il incorpora le 3e bataillon d'artillerie à pied du 3e régiment de chasseurs d'Afrique, stationné à Bizerte, à la caserne Philibert. Puis il fut affecté, le premier décembre 1885, à la 8e compagnie de remonte, toujours en Tunisie. Il resta quinze ans dans l'armée jusqu'à sa démobilisation, le 26 juin 1898, à Bizerte. Son livret d'instruction militaire mentionne : « Ne sait pas nager ».

Il a dû se couvrir de gloire car il a été décoré le 16 avril 1892 par Son Altesse le Bey de Tunis, Ali III Bey, de l'ordre de Nichan Iftikkar au grade de chevalier de quatrième classe. Je ne pense pas que cette médaille fut attribuée avec largesse. Je refuse cette idée. Je suis sincèrement convaincu qu'un lien s'était créé entre les autorités tunisiennes et mon grand-père car le jour de ses obsèques, en 1938, Son Altesse le Bey de Tunis, Mohamed el Amine, était présent.

Le 22 octobre 1898, Auguste était le plus heureux des hommes car il se mariait avec ma grand-mère, Emilie Antoinette Louise Jammes. Elle moins car, amoureuse platonique d'un charmant jeune homme, elle a dû se plier au dictat familial. Il y a encore dans nos campagnes de bons mariages qui permettent d'un coup de goupillon de doubler la surface de la propriété.

Mon père, Fernand, est arrivé en février 1900 et sa sœur, Anne Clothilde, en 1903.

Quand ses enfants sont nés, l'armée était déjà un lointain souvenir pour Auguste. En effet, grâce à la soulte de désincorporation versée par l'Etat pour tout militaire souhaitant s'établir en Tunisie, à ses économies et à l'aide des banques, il a pu acheter le Grand Hôtel de Bizerte. Aujourd'hui, de ce magnifique bâtiment de style mauresque avec ses doubles arcades et ses trois tours carrées, il ne me reste qu'une carte postale. En mai 1943, les Alliés écrasent sous les bombes les restes de l'Afrikakorps, ainsi que le Grand Hôtel. Ils n'aimaient pas le style mauresque. Pour la petite histoire, je me permets de rappeler que Pierre Laval est venu en 1942 au secours de Rommel en créant la Phalange africaine, forte de deux cent douze hommes sous les ordres du général Edgar Puaud. Pour Robert Aron, « cent cinquante va-nu-pieds, syphilitiques et avariés de toute espèce ». Certains réussirent à changer de camp dans les dernières heures et, pour se dédouaner, tirèrent sur leurs anciens camarades dans les rues de Tunis. Le général Edgar Puaud disparut en mars 1945 à la tête de la division Charlemagne, dont les derniers éléments se sont « couverts de gloire » en défendant le bunker du Führer creusé sous la chancellerie du Reich. Sartre avait raison, « il faudrait un double soleil pour éclairer le fond de la bêtise humaine ».

*
* *

Un million de francs or. Mon grand-père vient de gagner à la loterie nationale. Nous sommes en 1936. Il s'est aussitôt empressé d'investir à Bizerte en achetant un immeuble, La Provençale, au grand dam de mon père. Fernand voulait qu'il investisse en France sur la côte d'Azur car il savait que la Tunisie serait prochainement indépendante. Le protectorat ne pouvait pas durer *ad vitam aeternam*. Il avait fréquenté dans sa jeunesse de jeunes tunisiens apparentés au nouveau parti politique, le Néo-Destour. Malgré tous ses efforts, Auguste Ernest Georges est resté inflexible.

La gestion du Grand Hôtel sous la férule d'Auguste s'apparentait à ce qu'il avait connu : l'armée. Chaque employé avait un poste bien défini. Anne, sa fille, ne bénéficiait pas d'un régime de faveur. Ma tante en a toujours tenu rigueur à son père, d'autant que la répartition très égalitaire des dividendes développa une certaine jalousie entre les enfants. Fernand n'a pratiquement jamais travaillé à l'hôtel. Il avait quitté très jeune le cocon familial pour suivre ses études à Alger et Toulouse. Il avait fini par jeter l'ancre dans le Bergeracois. Tous les ans, Auguste lui faisait parvenir sa part des bénéfices. Quoique militaire, la discipline était empreinte d'un certain paternalisme.

Un jour, à la demande de mon grand-père, Fernand était allé chercher une bouteille de bordeaux à la cave. Il fut surpris de trouver la porte ouverte et encore plus surpris de voir le chef cuisinier mettre sous sa veste une excellente cuvée de bourgogne. Aussitôt, il avisa son père de cette indélicatesse notoire.

– Oui, Fernand, dit-il avec un large sourire, tous les mois depuis plus de quinze ans il prélève une bouteille. Cela ne me dérange pas. C'est un vrai cordon bleu et il me serait fort désagréable de le perdre pour un si petit larcin. Il sait surement que je sais. Je ne veux pas lui ôter ce plaisir.

Mon grand-père était un gros mangeur. Il avalait plus qu'il ne dégustait les plats préparés avec soins par le cuisinier du Grand Hôtel. Parfois un accident survenait car le larynx ne pouvait pas suivre le rythme infernal imposé. De violentes frappes dans le dos et un grand verre d'eau soulageaient Auguste, la famille et les convives.

Adepte des cures, ma grand-mère effectuait chaque année un voyage long et fatiguant pour se rendre à Evian-les-Bains, sur les bords du lac Léman où dans le Bade-Wurtemberg, à Constance. Cette ville d'Allemagne, enclavée sur la rive méridionale de son lac éponyme, subit peu de dégâts puisqu'elle est imbriquée avec sa voisine Suisse. Cette partie étant illuminée comme en temps de paix durant la nuit, les habitants prirent l'habitude de ne pas appliquer les règles de couvre-feu, ce qui sauva la ville. Les B 17 américains ne voulaient pas prendre le risque de bombarder par inadvertance un pays neutre. Elle a conservé un charme fou. Auguste accompagnait parfois Emilie et profitait de l'occasion pour voir son fils, receveur de l'enregistrement à Sigoulès.

Pour lui être agréable, mon père l'invita un soir dans un restaurant gastronomique du Périgord noir. Auguste piqua une grosse colère quand le serveur proposa en entrée un buisson d'écrevisses :

– Le buisson d'écrevisses est un plat pour demoiselle ! Il faut une heure pour en arriver à bout et à la fin l'estomac sonne toujours aussi creux !

Je suis assis dans l'ombre de cette demeure qui a vu les derniers jours d'Emilie. Tout me semble si loin. Fils unique, je suis seul, mes parents sont morts depuis longtemps. Avec qui puis-je faire revivre ce passé suranné ? Il est difficile de sensibiliser les enfants et encore plus le conjoint. « Si nous pouvions mesurer la distance qui nous sépare de ceux que nous croyons les plus proches, nous aurions peur. » (Jean Cocteau dans *Opium*)

*
* *

Deuxième jour, départ pour Bizerte sur les traces de mon père. Je suis heureux, le temps est magnifique après l'orage de cette nuit. Seul dans ma voiture de location, une Clio africaine à coffre, magnifique voiture au séant bien rond, je me prends pour Maurice Constantin Meyer, l'homme qui a fait rêver mon père en 1928. Un homme se penche sur son passé.

Un bouchon ! J'effleure la pédale de frein car le bitume a fait place à la latérite, d'une jolie couleur rouge suite au gros orage de cette nuit. Curieux, je suis sur une route à deux voies, mais nous voilà quatre de front à rouler au pas. Heureusement, personne en face. Des petits malins coupent par la forêt d'oliviers en soulevant des nuages de poussière car la terre a eu le temps de sécher.

Deux macchabés sont allongés sur la chaussée avec chacun un mouchoir sur le visage, à côté des restes d'une antique Peugeot 404 plateau. La rouille n'a pas résisté au choc. Je commence à me dire, Alain, il faut que tu redoubles d'attention. L'interprétation du code de la route est légèrement plus laxiste qu'en métropole.

La circulation se fluidifie à nouveau quand un jeune tunisien en scooter sans casque qui vient de me doubler – je roule pourtant à quatre-vingt kilomètres à l'heure au compteur –dérape et percute la barrière de sécurité. Aussitôt, une mare de sang envahit la chaussée. Malgré l'intervention rapide de ses compatriotes, je pense que ce pauvre jeune s'est envolé directement aux jardins du séjour éternel. Moi je transpire de plus en plus et ce n'est pas la chaleur !

Enfin Zarzouna, où je franchis sur un pont basculant tout neuf le canal reliant la mer au lac de Bizerte, un peu déçu de ne pas retrouver les deux vieux bacs à chaines qui réunissaient les deux rives jusqu'en 1980 date de la mise en service de cet ouvrage d'art réalisé par un bureau d'étude français. Il existait un pont transbordeur entre 1898 et 1909 mais, pour des raisons qui me sont inconnues, il a été démonté et réinstallé à Brest.

J'arrête ma voiture le long du quai de Bizerte et à ma grande surprise j'aperçois un des deux vieux bacs à moitié coulé sur le perré d'embarquement coté Zarzouna. Combien de fois avec Papa j'ai traversé le chenal pour le plaisir d'entendre grincer et gémir ce monstre métallique ? Moi aussi, Bizerte c'est mon enfance. Je suis venu quatre mois en 1949, puis tous les ans jusqu'en 1957.

Cette ville m'a toujours fait penser à Royan de par son architecture. Comme Royan, bombardée et détruite par la RAF le 5 janvier 1945, Bizerte fut touchée en mai 1943 par les B17 américains. Le quartier européen fut rasé à plus de 70%, seul le port a été relativement épargné. Le port de guerre, objet de la mission. Le viseur Norden devait encore être mal réglé. La ville a été reconstruite durant les années d'après-guerre dans le style très caractéristique des années 1950, influencé par les grands architectes de l'époque : Le Corbusier, Oscar Niemeyer, Guillaume Gillet, etc.

La couleur blanche des murs me faisait cligner des yeux quand je sortais de l'appartement de la villa La Provençale après la sieste pour le bain au sport nautique. La plage du sport nautique, entourée d'un mur de protection contre lequel s'appuyaient des cabines de bain maçonnées avec des portes de toutes les couleurs, délimitait la zone de baignade des colons. Si mes parents utilisaient une cabine, moi, sans aucune gêne, je retirais short et slip pour enfiler le superbe maillot de bain à bretelles tricoté par ma mère. Je vissais mon chapeau sur ma tête, prenait ma chambre à air de voiture avec sa grosse hernie et filait dans l'eau sous le regard du maître-nageur-sauveteur : ma mère. Je devais rester dans trente centimètres d'eau pour éviter la noyade et surtout garder le chapeau contre l'insolation– une insolation avec des complications évidemment.

Tout cela a bien vieilli, les cabines ont perdu leur éclat et servent de remises. La belle plage est utilisée comme port à sec pour les petits bateaux. Le temps où, ébahi, j'admirais le maire de Bizerte faire des virages serrés avec son Riva est bien révolu.

Je reprends la voiture pour me rendre au vieux port. Il faut laisser son véhicule au parking du parc de l'Astrolabe et longer pendant plus de 200 mètres la muraille d'enceinte de la Kasbah qui longe le petit canal. Là, les petits bateaux de pêche qui ramenaient les poissons encore vivants au fond des cales apparaissent dans une symphonie de couleurs vives. Les odeurs de mon enfance me reviennent en mémoire. Deux Bizertins d'âge mûr, le sourire aux lèvres, s'approchent de moi.

– Bonjour. Tu n'es pas un touriste, tu habitais Bizerte gamin.

– Oui, l'été je venais passer un mois de vacances chez ma grand-mère qui habitait le long du chenal en face du bac.

– A te voir aussi à l'aise avec les Arabes, me dit le plus grand, j'ai aussitôt pensé que tu avais passé ta jeunesse en Tunisie.

– Tu n'aurais jamais dû partir, rétorque le plus petit. Tu vois, moi je suis français et j'ai conservé ma maison près du vieux port, dit-il en exhibant fièrement sa carte d'identité.

– Je pense qu'après l'indépendance, un Mohammed avait plus de chance de rester qu'un Fernand.

– Je suis français et retraité à Toulon après avoir travaillé pendant quarante ans en Corse dans les travaux publics. Je n'ai pas voulu m'établir à Bastia car les corses sont trop c…

– Tu as raison, dis-je en souriant intérieurement. Venir à Bizerte pour casser du sucre sur le dos des Corses, il faut oser !

Arrive une bande de jeunes entre seize et dix-huit ans qui n'avaient pas enduré, bien évidemment, la période du protectorat et se permettent de m'asticoter sur cette époque :

– La France on lui doit tout : les autoroutes payantes, les impôts, la police, l'administration, le chômage, la monogamie monotonie…Oui, la France on lui doit tout !

Ils se disent on a cloué le bec à ce français donneur de leçon. Le comportement de certains touristes leur donne malheureusement raison.

– Eh bien moi je suis éternellement reconnaissant à la Tunisie. Grâce à la Tunisie, la France a pu rejoindre le camp des vainqueurs pendant la guerre. Elle nous a redonné notre honneur national. Pour mémoire, les jeunes, en juin

1940 l'armée française a été balayée en quinze jours. La seule armée encore en état de se battre en janvier 1944 était l'armée d'Afrique, composée essentiellement de Tunisiens, Marocains, Sénégalais, mais de très peu de français. Elle s'est battue et bien battue. Devant l'échec des anglo-américains face au mont Cassin, le général Clark, commandant en chef des armées alliées lors de la campagne d'Italie, a envoyé l'armée d'Afrique à l'assaut du Belvédère pour contourner le mont Cassin et son abbaye transformée en place forte. Le général Juin n'approuve pas ce projet qui va saigner à blanc ses troupes, mais en bon militaire il exécute les ordres. C'est là que les hommes du 4e régiment de tirailleurs tunisiens entrent en scène. Ils attaquent et contre-attaquent plusieurs fois et prennent le Belvédère. Des deux mille hommes il ne reste plus que cinq cent pauvres hères épuisés. Tous les régiments français s'engouffrent alors dans cette brèche. Il faut que Clark arrête Juin qui allait rentrer dans Rome. Les Américains financent la guerre, c'est à eux de défiler les premiers dans la capitale romaine libérée. Bon prince, Clark invite Juin à monter dans sa Jeep.

Les jeunes me regardent, décontenancés. J'ai l'impression que ces événements sont flous dans leur mémoire. C'était du temps des grands parents, peut-être des traîtres à leurs yeux car ils avaient pactisé avec les Français, les occupants de l'époque. Et puis ces Tunisiens partis mourir pour notre salut étaient-ils tous volontaires ? Applaudis lors de l'opération Anvil Dragoon, ils sont bien vite tombés dans les oubliettes de l'histoire.

– Toi tu es un Tunisien, me dit le plus grand en me mettant la main sur l'épaule. Tu vas venir à la maison partager notre repas.

– Je serais très heureux de continuer la conversation mais je reste une petite semaine et je souhaite m'arrêter au Petit Mousse, le restaurant des réunions familiales, s'il existe toujours.

– Oui, il n'a pas changé, tu prends la route du cap Blanc. Sa terrasse donne sur la plage de la corniche.

Je longe à nouveau l'impressionnant mur de la kasbah pour rejoindre ma voiture. Le cap Blanc, qui me paraissait très loin quand j'avais sept ans et un regard d'enfant, me semble aujourd'hui tout proche. Par contre la route toujours aussi étroite aux bordures découpées en dentelle m'oblige à rouler lentement pour pouvoir admirer le paysage de la corniche et sa palette de bleus sans casser une jante dans les énormes nids-de-poule bordant la chaussée.

Vu ma tenue négligée short, baskets et tee-shirt publicitaire d'un rouge du meilleur goût, je demande au patron s'il est possible de que je m'asseye dans la salle de restaurant.

– Mais bien évidemment, je vous installe près de la table d'un Français que vous devez connaître et qui comme vous a usé ses fonds de culotte en jouant dans les rochers de la corniche. Je me trompe ?

– Non !

En tournant la tête, un peu gêné par le négligé de ma tenue vestimentaire, j'avise une grande table où une dizaine de personnes impeccablement vêtues prennent l'apéritif : la famille D. Je suis fort ému car une dame a bien connu la famille Carponcin et se souvient de mon père.

Par discrétion, dès le repas terminé, je prends congé pour aller nager quelques brasses dans les eaux limpides de la Méditerranée. C'est sur cette plage que mon père avec sa caméra 9 mm, en 1957, a immortalisé mes talents de nageur avec bouée et chapeau.

Assis sur un rocher, les pieds dans l'eau, je regarde le mouvement des algues qui ondulent lentement, portées par les petites vagues de cette côte abritée par le Cap Blanc. Les images de mon enfance défilent et se bousculent dans ma tête, je ferme les yeux pour me projeter cinquante ans en arrière. Je suis triste. J'aimerais tant rembobiner le film de ma vie. Pouvoir dire à mon père tout ce que je n'ai jamais pu lui dire par peur, angoisse, timidité, bêtise.

FERNAND

Mon père est né le 10 février 1900 à Tunis et, première absurdité commise par le préposé à l'état civil de la mairie de Tunis, le second C dans le nom Carponcin a disparu au profit d'un S : Fernand Auguste Louis Carponsin. Cela paraît anecdotique mais a eu des conséquences fâcheuses pour la succession, surtout avec les nouvelles autorités tunisiennes.

Jusqu'à la déclaration de guerre en septembre 1939, la vie de mon père se résume à quelques petites phrases glanées et figées dans ma mémoire. En 1939 il allait bientôt fêter ses quarante ans. Quarante ans, c'est plus de la moitié d'une vie.

Après le pensionnat au lycée Bugeaud d'Alger, il a fait son droit à la faculté de Toulouse, puis son service militaire. En prévision de la boucherie de 1914-1918, nos élus allongèrent sa durée de deux à trois ans.

En tant qu'officier de réserve, il se devait de bien savoir monter à cheval. En guise de cheval, c'est une jument répondant au doux nom de Magalie qui lui fut affectée. Très vite, une incompatibilité d'humeur apparut entre Fernand et Magalie, cette dernière usant de tous les stratagèmes pour désarçonner son cavalier. En plus elle mordait.

Toujours en avance sur son temps, l'armée française notait en 1921 la posture de l'élève officier de réserve juché sur son cheval, alors qu'en République de Weimar des militaires comme Heinz Guderian commençaient déjà à réfléchir à l'arme idéale pour percer les défenses ennemies : le Panzer. Nous avons gagné la guerre en 1918 grâce au char d'assaut Renault FT et perdu la bataille de France en juin 1940 à cause du char d'assaut : peu ou mal réparti, sans radio pour communiquer, obsolète comme le Renault FT toujours présent avec ses sept kilomètres heure de vitesse de pointe et sa couleuvrine très dangereuse pour la peinture des Panzerkampfwagen. Je pense que nos élites politiques et militaires devaient, entre les deux guerres, avoir une certaine viscosité mentale.

Mon père me parlait souvent de son ami Albert qui l'avait suivi depuis le collège d'Alaoui à Tunis. Albert, hébergé pendant sa scolarité dans une famille d'accueil à Toulouse, la ville rose, était tombé amoureux de la fille unique du couple, au grand plaisir des parents qui trouvaient en ce jeune homme charmant un bon parti. Il avait donc convolé en justes noces avec la charmante Rose.

Malheureusement, Albert adorait sortir et faire la fête avec ses amis. Une épouse aussi belle et aimante soit-elle devient vite dans ce cas un boulet que l'on traîne au pied. N'osant pas affronter sa femme et toute la famille, officier mais pas téméraire, il a opté pour un comportement indigne d'un mari. Rose a donc demandé le divorce.

Prenant cet exemple, à l'adolescence, les leçons de morale paternelles portaient souvent sur le piège tendu par les mères marieuses. Mon père employait parfois l'expression *mères maquerelles.* « Il faut que tu fasses très attention, Alain, les mères deviennent vite flagorneuses, cajoleuses, entremetteuses pour conduire leur progéniture au pied de l'autel ». N'osant pas contrarier mon père, je pensais : Et l'amour dans tout ça ?

Dans les années 1920, il n'était pas question pour ces demoiselles de contraception ou de liberté sexuelle, mais d'obéissance. Mai 1968 était encore loin, elles ne connaissaient pas la pilule, l'IVG ou la révolution sexuelle.

« Avant, elles étaient enfermées. Aujourd'hui, elles sortent, elles travaillent, elles réfléchissent, elles se préparent avec une grande activité. Les hommes de demain auront de la chance ». Ainsi écrivait le 16 juin 1934 Pierre

Drieu La Rochelle pour le magazine *Vu*. Aujourd'hui, je n'en suis plus très sûr.

– Fernand, il faut que tu m'accompagnes à l'agence postale.

– Que t'arrive-t-il, Albert?

– Je n'ai plus un dinar en poche. J'ai donc envoyé à Bizerte une lettre comminatoire à mon père.

– Comminatoire ? Précise ta pensée.

– J'ai dit à mon père : « Si je ne reçois pas cet argent je me suicide ».

– Tu ne trouves pas que tu as poussé le bouchon un peu loin ?

– Si ! Mais il me faut cet argent.

En lieu et place d'un mandat, Albert reçoit un colis.

Assis sur le lit, Albert et Fernand examinent ce colis qui correspond aux dimensions d'une boîte à chaussures.

Albert se décide enfin à ouvrir le paquet. Et dans le paquet, à la stupeur d'Albert et aux rires contenus de Fernand, un magnifique pistolet à silex apparaît avec balles, poudre et notice écrite de la main de son père.

– Ça alors !

– Je suppute que ton père te connaît bien, même très bien. Tu aimes trop la vie pour te suicider.

Albert aimait la vie. Fernand aussi.

En 1934, il est allé rendre visite à sa mère en cure à Constance. Là il a vu défiler la Sturmabteilung (S.A.) d'Ernst Röhm, fanatique de l'idéologie nazi, grand admirateur d'Hitler, adoré par ses hommes qu'il chérissait en retour, surtout les jeunes…

Fernand a aussitôt compris que ce déferlement de haine aurait pour conséquence, à plus ou moins long terme, une nouvelle guerre. De retour à Sigoulès, tous ses amis s'esclaffèrent : « Fernand, il n'y aura plus de guerre avec l'Allemagne ! Les peuples, après la saignée de la der des ders, revendiquent la paix. La paix à tout prix ! On ne va pas mourir pour Dantzig. Marcel[1] a raison ! »

Finalement, après avoir baissé son pantalon à Munich et fermé les yeux sur l'annexion des

[1] Marcel DEAT

Sudètes, la France déclare la guerre à l'Allemagne le 3 septembre 1939 suite à l'invasion de la Pologne, sans gaieté de cœur. Pas de fleur aux fusils.

Il l'attendait, elle est arrivée, la guerre ! Plus précisément, la *drôle* de guerre, expression revendiquée par le journaliste Roland Dorgelès. Pour certains historiens, elle pourrait provenir d'une mauvaise compréhension de l'expression *phoney war* (fausse guerre), confondue avec *funny war*, utilisée dans un reportage sur les armées franco-britanniques.

Fernand fut donc incorporé dans le 612e régiment de pionniers stationné en Alsace. Ces régiments de pionniers ont été créés entre les deux guerres et n'ont pas survécu au-delà de la débâcle. Ils dépendent de l'infanterie. Le recrutement est réalisé de « secondes mains », comprendre « tous ceux qui ne sont pas aptes à servir directement dans les forces de bataille ». Ces unités, en plus de fournir la main d'œuvre pour tous les petits travaux qui ne demandent pas de spécialisation particulière, assurent la défense passive. Pour faire simple, des militaires plus très jeunes occupés à faire des trous et des fortins bétonnés quand il y avait du béton. Je ne parle même pas des portes, du matériel radio et des arquebuses.

L'équipement militaire du régiment était complètement obsolète. Quelques mitrailleuses de la grande guerre complétaient l'arsenal. « Dommage », me dit mon père, « même avec la meilleure volonté du monde, ces pétoires ne pouvaient pas tirer plus de cinq cartouches sans s'enrayer. Regrettable pour une mitrailleuse. »

L'armée Française de 1939 était prête à se battre, comme le chantait Maurice Chevalier sur des paroles de Jean Boyer :

Le Colonel était dans la finance
Le Commandant était dans l'industrie
Le Capitaine était dans l'assurance
Et le Lieut'nant était dans l'épicerie
Le juteux était huissier d'la Banque de France
Le Sergent était boulanger pâtissier
Le Caporal était dans l'ignorance
Et l'deuxième classe était rentier !

Et tout ça fait
D'excellents français
D'excellents soldats
Qui marchent au pas
Ils n'en avaient plus l'habitude
Mais, tout comm' la bicyclette
Ça n's'oublie pas !
Et tous ces gaillards
Qui pour la plupart
Ont des goss's qui ont leur certificat d'études

Le colonel avait de l'albumine
Le Commandant souffrait du gros colon
La Capitaine avait mauvaise mine
Et le Lieut'nant avait des ganglions
Le juteux souffrait de coliqu's néphrétiques
Le Sergent avait le polype atrophié
La Caporal un coryza chronique
Et l'deuxième classe des cors aux pieds

Et tout ça fait
D'excellents français
D'excellents soldats
Qui marchent au pas
Oubliant dans cette aventure
Qu'ils étaient douillets, fragil's et délicats
Et tous ces gaillards
Qui pour la plupart
Prenaient des cachets des goutt's et des mixtures
Les v'là bien portants
Tout comme à vingt ans
D'où vient ce miracle là
Mais du pinard et du tabac

Le colonel était de l'action française
Le Commandant était un modéré
Le Capitaine était pour les diocèses
Et le lieutenant boulottait du curé
Le juteux était un fervent extrémiste
Le Sergent un socialiste convaincu

Le Caporal inscrit sur toute les listes
Et l'deuxième classe au PMU

Et tout ça fait
D'excellents français
D'excellents soldats
Qui marchent au pas
En pensant que la République
C'est encore le meilleur régime ici-bas.
Et tous ces gaillards
Qui pour la plupart
N'étaient pas tous du même avis politique
Les v'là tous d'accord
Quelque soit leur sort
Ils désirent désormais
Qu'on leur fiche une bonne fois la paix !

Cette chanson anodine et très franchouillarde décrit bien l'état d'esprit de nos rappelés et leur niveau de préparation. Pour preuve : « D'excellents soldats, qui marchent au pas, ils n'en avaient plus l'habitude, mais tout comm' la bicyclette, ça n's'oublie pas ». Les fantassins marchaient pour se déplacer et monter au combat, surtout les pionniers. Leurs homologues, les schütze-grenadiers, utilisaient l'Opel Blitz.

Cette ritournelle propre à égayer les chambrées est loin des propos vindicatifs et haineux du Horst-Wessel-Lied. Mon père avait raison. Il avait tout compris en 1934. Hitler avait créé un régime politique basé sur la haine, la détestation de l'autre surtout s'il est différent : juif, noir, arabe, slave, etc. Il avait permis à tout un peuple de libérer et d'assouvir les plus bas instincts qui ramènent l'homme au rang de l'animal. Et encore, l'animal tue pour se nourrir, l'homme par plaisir.

Fernand n'a pas connu l'enfer des tranchées, les charges imbéciles à la baïonnette contre des mitrailleuses, la pourriture humaine des corps entassés servant de mur de protection. Il ne pourra pas écrire comme Roland Dorgelès : « Des brancards, à peine en avait-on assez pour les blessés, et puis les postes de secours ne voulaient pas prêter les leurs. Alors on traînait par les pieds tous les morts glanés dans les champs, on tirait avec une corde comme les chevaux étripés des corridas, et on les empilait dans une longue sape, l'un sur l'autre, face aux étoiles, sentant ruisseler sur leurs visages douloureux la terre éternelle, qui s'écoulait des sacs crevés comme autant de sabliers. La fosse était déjà pleine et deux hommes à genoux s'appuyaient sur les cadavres, les tassaient pour faire de la place aux autres… »

En 1939, la mémoire collective, c'était Verdun. On n'avait pas imaginé la charge des Panzers écrasant toute vie après leur passage, ni la dévastation des bombardiers en piqué tuant sans discrimination les femmes et les enfants. Même nos têtes pensantes, civiles ou militaires, qui se prenaient souvent pour Dieu mais n'étaient en réalité que de vulgaires lampadaires, n'ont pas réussi à nous éclairer. Pourtant, les autres testaient déjà leurs outils dès 1937. *Remenber Guernica* !

Aux pieds des Vosges, Fernand a cependant vécu des moments ubuesques.

Le premier un dimanche d'automne, à Haguenau, petite ville d'Alsace. Le général de la division doit assister à onze heures à la messe dominicale avec son épouse. Une section rendra les honneurs et le clairon devra sonner, mais sonner juste. Le pauvre bidasse incorporé récemment et chargé de souffler dans le biniou manque de pratique. Le général est très mécontent et fait savoir à mon père que si le clairon sonne toujours aussi faux après la messe des sanctions tomberont.

– Le respect des traditions militaires est la force des armées, Lieutenant, retenez bien ça !

Fernand, après avoir salué, se retourne vers le fautif.

– Bon, tu as entendu comme moi. Tu vas t'enfermer dans la cave du presbytère pour t'entraîner. Pense à fermer les portes pour ne pas gêner l'office religieux.

– Oui, Mon Lieutenant !

A la sortie de la messe, le clairon résonne à nouveau.

– Il y a un léger progrès, il faut qu'il persévère.

– Bien, Mon Général.

Mon père n'ayant pas remarqué une amélioration notoire en a déduit qu'une intervention divine était venue adoucir la rectitude du général.

Comme le 612e régiment de pionniers était intégré dans le 12e corps français basé à Pfaffenhoffen, à moins de dix kilomètres d'Haguenau. Il y a de forte chance que cet officier supérieur soit le général Henri Dentz. Henri Dentz, pétainiste pur et dur, fut envoyé comme haut-commissaire de France au Levant (Syrie, Liban). Il n'hésita pas à engager, le 8 juin 1941, le corps expéditionnaire français contre les Anglais et les Français libres. Le 12 juillet, Dentz jeta l'éponge. Le 15 juillet, à Saint-Jean-d'Acre, l'armistice fut signé. Il stipulait entre autres que les militaires de

Syrie ne pouvaient pas être poursuivis. Condamné à mort le 20 avril 1945, il mourut en prison le 13 décembre 1945, sa peine ayant été commuée en réclusion. Parodiant une chanson italienne qui souligne « comme la plume au vent femme varie, bien fol qui s'y fie », on peut dire qu'en politique la vérité aussi. Sur les trente mille militaires du corps expéditionnaire, bien peu se rallièrent au général de Gaulle. Les autres furent rapatriés en France. Une guerre fratricide oubliée de nos manuels scolaires.

Pour le deuxième fait d'arme, il faut faire un peu d'histoire.

Une bande de territoire d'une profondeur de cinq à huit kilomètres le long du Rhin mais de vingt kilomètres au nord du département du Haut-Rhin est vidée de ses habitants en deux jours, Strasbourg comprise. Ils abandonnent leurs terres, leurs biens, les animaux et les récoltes. C'est au son du tocsin que les départs se font dans les campagnes. Ils n'ont droit qu'à trente kilos de bagages et quatre jours de vivres. C'est souvent à pied qu'ils rejoignent les points de regroupement. Les villes et villages restent sous la surveillance de quelques hommes accrédités. A ces réfugiés officiels viennent se rajouter cinquante mille Alsaciens et autant de Mosellans préférant partir volontairement.

En effet, pour le haut-commandement français, les Allemands devaient attaquer en Alsace face à la ligne Maginot. Pas fous, ils sont passés comme d'habitude par les Ardennes.

A cette époque, un jeune capitaine de cavalerie installé avec son unité dans les faubourgs d'Haguenau annonce tout joyeux à mon père que ses chars vont arriver par le train le lendemain en fin d'après-midi.

– Veux-tu venir avec moi réceptionner mes Somua S35.

– Avec plaisir, je n'ai pas encore vu de chars modernes depuis mon arrivée à Haguenau il y a cinq mois, que des vieux Renault FT.

A l'heure dite, une locomotive à vapeur fumant et crachant arrive en gare d'Haguenau avec quatre wagons porte-chars.

La fierté du jeune capitaine a été de courte durée, car son sous-officier, en inspectant les Somuas, découvre qu'une pièce indispensable au bon fonctionnement du canon n'a pas été montée. Logique, elle était stockée dans un autre entrepôt. Selon le chef du convoi, la personne habilitée à sortir ce matériel sensible était absente.

– Tu vois, Fernand, ce n'est pas avec ces engins qu'on ira pendre notre linge sur la ligne Siegfried !

– Triste ! Impensable !

– Que veux-tu que je fasse maintenant de ces cercueils roulants ?

– Patience, l'avenir nous donnera une solution. Il faut garder le moral.

La solution fut trouvée quelque temps après par le jeune capitaine. Triste histoire. Le haut-commandement, voyant la guerre s'enliser avant d'avoir commencé, autorise le retour des agriculteurs alsaciens dans leurs fermes pour travailler la terre. Il faut bien manger ! Ce retour a été une vraie gifle pour l'armée française, car ces braves gens ont trouvé leurs maisons visitées. Visitées est un euphémisme, il vaut mieux dire pillées. Des militaires indélicats, cela existe.

Travailler la terre, oui, mais comment ? Tout le bétail avait été réquisitionné par l'armée pour faire des bêtes de somme ou des steaks. L'image de l'armée fut donc redorée par l'arrivée des quatre Somua S35 équipés d'un anneau pouvant sans difficulté tirer une charrue. Un Somua S35 transformé en tracteur agricole, en voilà une bonne idée.

La fin est moins glorieuse. Un grand feu, pas de joie, mais d'une grande tristesse empêcha la Wehrmacht de faire main basse sur ce matériel hautement sensible.

Mon père a reçu l'ordre de franchir les Vosges vers l'ouest avec sa compagnie pour barrer la route aux Allemands. Bien entendu, ce déploiement stratégique s'est effectué à la force des mollets, aussi bien pour les hommes que pour le train de mulets régimentaire.

La descente, par un chemin blotti sous la futée des sapins séculaires, du col de Mont-Repos dominant le petit village de Mortagne évita au régiment de se faire repérer par les Fieseler Storch[1]. Drôles de cigognes ! Ayant subi une fois l'attaque des Stukas, les sirènes hurlantes, Fernand avait choisi avec intelligence et chafouinerie cet itinéraire bucolique.

A quelques pas de la vallée, la compagnie fit une halte pour se reposer et se sustenter avant d'aller se faire anéantir, en terrain découvert, par les Panzers et la Luftwaffe aidés par les Fiats de Benito. Il fallait bien qu'il montre sa puissance après l'échec cuisant devant Menton protégé par les canons du fort Sainte-Agnès de la ligne

---

[1] Avion de reconnaissance allemand, surnommé *storch* (cigogne en allemand) à cause de son train d'atterrissage haut sur pattes.

Maginot. Ce guignol avait besoin de quelques milliers de morts pour s'asseoir à la table de la paix.

Ce petit coin de verdure parait irréel en cette fin d'après-midi du mois de juin 1940. Les hommes alignés le long du petit étang ont retiré chaussettes et bandes molletières puis remonté les pantalons golf. Assis en rang d'oignons le long des berges, ils savourent la fraîcheur de l'eau. Ils ne parlent pas, ne rient pas, seuls quelques murmures inaudibles s'échappent par-ci par-là. Ce petit coin de verdure s'appelle le Bout du Monde. Nom prédestiné pour ceux qui allaient mourir.

La nuit tombait sur des hommes fatigués physiquement et moralement. Etendus dans l'herbe, ils tentaient de s'endormir sans trop penser au lendemain. Seul Fernand ne pouvait trouver le sommeil.

Au matin, faute de téléphone, il envoya une estafette au PC du régiment pour connaître les ordres. Les heures passèrent et il entendit le grincement caractéristique du vélo de l'ordonnance monter en danseuse le petit raidillon.

Mon père a lu et relu les instructions : « Tout est perdu. Mangez et buvez tant qu'il en est encore temps ».

Il s'attendait à recevoir des ordres précis pour édifier une ligne de défense, bien légère certes, mais une ligne de défense pour faire face, pas ce torchon.

Pouvait-il faire Camerone [1]? Avait-il le droit d'envoyer à l'abattoir ces paysans originaires du centre de la France qui pensaient avant tout au travail de leurs champs. La France avait-elle besoin en juin 1940 de héros ou d'agriculteurs ? Nos chers dirigeants montraient-ils l'exemple en faisant feu des deux fuseaux vers le sud, l'Afrique du Nord ? Il paraît même, selon l'estafette, que le vieux maréchal Pétain formerait un gouvernement et aurait fait don de sa personne à la France. On parlait même d'armistice au PC. La nuit tombera pour longtemps sur la France avec ce défaitiste, pensait mon père.

---

[2] La bataille de Camerone est un combat qui opposa une compagnie de la Légion étrangère aux troupes mexicaines le 30avril1863 lors de l'expédition française au Mexique. Soixante-trois soldats de la Légion, assiégés dans un bâtiment d'une hacienda du petit village de Camarón de Tejeda, résistèrent plus d'une journée à l'assaut de deux mille soldats mexicains. À la fin de la journée, les six légionnaires encore en état de combattre, à court de munitions, se rendent à leurs adversaires à condition de garder leurs armes et de pouvoir secourir leurs camarades blessés.

Il ne savait pas que Pétain avait demandé l'armistice le cœur serré, ni que le lendemain un général inconnu inviterait depuis Londres tous les français à venir le retrouver pour continuer la lutte. C'était un jeudi, le 18 juin 1940.

Lundi 23 juin 1940, les hommes de la deuxième compagnie du 612ie régiment de pionniers au garde à vous attendent les ordres de mon père avec appréhension.

– C'est la fin ! Le front n'existe plus ! Les armées allemandes foncent vers le sud en contournant les divisions françaises coincées en Alsace. Sans réserve pour briser l'étau, sans espoir d'être ravitaillé, il ne nous reste plus qu'à déposer les armes. En conséquence, toutes les armes et les munitions seront détruites en étant jetées dans l'étang pour que l'ennemi ne puisse pas les utiliser.

Joignant le geste à la parole, il jette son révolver d'ordonnance au milieu de l'étang. En 2005, il s'y trouve toujours avec les autres.

Assis sur le muret bordant la route du Cap Blanc face à la grande bleue, j'imagine mon père jetant son révolver et regardant comme Giovanni Drogo la plaine où les ennemis débouleront sans rencontrer de résistance. A ce moment-là, je reste persuadé qu'il a récité à voix basse ou dans sa tête les vers si souvent entendus de José Maria de Heredia :

Tous anxieux de voir surgir, au dos vermeil
Des monts Sabins où luit l'œil sanglant du soleil
Le Chef borgne monté sur l'éléphant Gétule.

En guise d'éléphant Gétule, un side-car avec une grande croix gammée peinte sur la baignoire déboula du petit chemin en face de la maison supposée du propriétaire de l'étang.

Un *oberleutnant*[1] casqué du *stahlhelm* sauta lestement de son engin et fit face à mon père. Dans un français impeccable, ce petit bonhomme brun aux yeux noirs demanda à mon père de rendre les armes. Fernand obtempéra et sortit alors de sa poche un petit pistolet à un coup pour sac à main de demi-mondaine joliment orné d'un pompon du plus bel effet. L'*oberleutnant* décontenancé pâlit, saisit l'arme par le pompon avec un air dédaigneux et le rendit à mon père : pas une arme de guerre ! Puis il repartit comme il était venu. Curieux pour un nazi, pensait mon père. Il ne correspondait pas aux critères de beauté chers à Leni Riefenstahl dans *Les Dieux du stade*.

---

[1] Grade d'officier subalterne dans les armées allemande, autrichienne et suisse.

Une heure après, une section de fridolins invita mon père et ses hommes à faire une petite escapade dans la campagne.

Sous bonne escorte, la compagnie arriva à son premier camp de prisonniers installé à la hâte par la Wehrmacht sur le terrain de football de la commune de Rambervillers.

En passant sous la porte du stade on pouvait lire : « Stade de la Liberté ».

*
* *

Il est déjà seize heures à ma montre. Il faut que je me bouge pour arriver à Hammamet avant le service du soir. Je n'aime pas sauter un repas. Cependant, il serait dommage de rentrer directement sans faire un saut par Mateur, à trente kilomètres de Bizerte, ville refuge de ma grand-mère et d'Alice pendant l'agonie de l'Afrikakorps.

Mes souvenirs sont ténus. Je me souviens de l'office religieux qui se tenait le dimanche matin dans la petite église néo-gothique perchée sur la colline.

Je roule lentement dans une ville étrange. Il y a beaucoup de monde devant les maisons, surtout des hommes, mais aucune agitation. Quelques mobylettes me doublent dans un nuage de fumée et d’odeurs d’huile brulée. Même devant les étals des commerçants, je ne vois aucune personne entrer et sortir. On dirait un décor de cinéma.

Entre deux maisons en cours de construction, en Tunisie les maisons restent longtemps en construction pour éviter de payer la dîme à l’Etat, j’aperçois le clocher. L’église est bien en haut de la colline. Entourée d’un grillage, elle parait abandonnée. Un quidam s’approche de ma voiture.

– Bonjour. Vous avez connu Mateur dans votre enfance.

– Comment l’avez-vous deviné ?

– Les touristes ne viennent pas se perdre ici, me dit-il le sourire aux lèvres.

– Pourquoi ce grillage autour de l’église ?

– Euh...

L’embarras se lit sur son visage,

– Vous savez, Monsieur, il n’y a plus de catholique depuis le départ des Français. L’église a été transformée en relais de télévision.

– Ce n’est pas grave. On ne peut donc pas la visiter ?

– Normalement cela est interdit, mais comme je suis le responsable du relais de télévision, je peux vous ouvrir la porte.

– Merci beaucoup.

J'essaie de ne pas montrer ma tristesse. Tout est détruit. Survivent deux ou trois vitraux à peu près intacts, tout le reste est cassé. Cassé ne veut pas forcément dire vandalisé. Le temps a plutôt fait son œuvre. Les murs et le clocher sont intacts. Heureusement, sinon la diffusion hertzienne fonctionnerait beaucoup moins bien.

Je quitte ce brave homme en le remerciant chaleureusement mais je pense qu'il a senti mon désarroi.

Perdu, je suis perdu malgré ma carte routière toute neuve. Voyant un paysan travailler sa terre, je m'arrête et demande mon chemin.

– Bonjour. Où se trouve l'échangeur qui me permettra de reprendre l'autoroute en direction de Tunis ?

Il éclate de rire.

– Il n'a jamais été construit !

– Pourquoi ?

– Pas d'argent.

– C'est embêtant, il me faut faire un détour de plus de trente kilomètres.

– Surtout pour nous !

A peine reparti, contrôle routier à un carrefour. Deux policiers. L'un regarde, les mains dans les poches, un Tunisien descendre de sa 404 plateau des dizaines de chaises pour vérifier qu'il ne cache pas des Kalachnikovs. Le second vient de s'apercevoir que ma voiture est équipée de plaques bleues. Plaques bleues synonymes de touriste. On ne touche pas. Ordre de Ben Ali.

– Bonjour. Ça va ?

– Oui, parfaitement.

– On se promène ?

– Oui, je visite.

– La famille va bien ?

– Très bien.

Après avoir échangé des propos sibyllins, il me laisse partir sans même me demander mes papiers d'identité. Peut-être que dans mon coffre je transportais du trinitrotoluène.

Enfin j'arrive à l'hôtel, une bonne douche et un plongeon dans la piscine m'ouvrent l'appétit.

Tranquillement attablé, je déguste mon entrée quand une dame et sa fille viennent prendre place à ma table sans même me demander si cela pouvait éventuellement me déranger. Etant seul, il m'était difficile de monopoliser cet espace.

Le problème est que cette dame qui doit, a vu d'œil, dépasser le quintal, parle fort et a tendance à prendre l'entourage à témoin. En plus, à la piscine, elle a opté pour un bikini modèle string. Je vous laisse imaginer un quintal en string avec le persil sortant du cabas.

Elle tente de m'expliquer les bienfaits de la colonisation sur des êtres bien moins cultivés et intelligents que nous.

– Vous voyez, Monsieur, j'ai remarqué que les Tunisiens utilisent le français quand ils écrivent en arabe.

– Ah bon ? Un exemple s'il vous plaît.

– Je suis allé à Nabeul avec ma fille et le long de la route reliant Hammamet à Nabeul j'ai vu sur un panneau de signalisation le chiffre 12, signifiant douze kilomètres, à côté d'un mot écrit en arabe.

– Et alors ?

– Douze c'est du français !

Essayant de rester calme, j'ai tenté d'expliquer à cette personne que ces chiffres « français » sont parvenus à l'Occident médiéval au contact des mathématiciens arabes. Ils ont conquis la planète, détrônant les chiffres romains. Prétextant un manque d'appétit, j'ai pris congé pour me réfugier seul sur la terrasse ombragée avec un creux à l'estomac. Atavisme paternel. Mon père me disait souvent : « Dans la vie il vaut mieux manger un crouton de pain, mais le manger tranquille ».

*
* *

Drôle d'idée ! Je décide le lendemain de me rendre à Kairouan, ville où ma mère avait commandé en 1956 des tapis de laine dans une petite entreprise implantée au centre de la vieille ville. Des tapis pure laine étaient fabriqués sous la haute autorité d'une mère supérieure qui éduquait par le travail de jeunes Tunisiennes. Ce qui m'avait frappé à l'époque, outre les imposants métiers à tisser qui sont restés une énigme pour moi, c'était le port de la tenue réglementaire : toutes en tabliers bleus avec des chaussures blanches.

Bien entendu, ces religieuses sont parties depuis des lustres.

Des constructions modernes sont venues complètement occulter la magnifique muraille cernant la vielle ville. Il faut imaginer la cité de Carcassonne entourée d'immeubles.

Déçu par cette visite, je décide le lendemain de me rendre à Saint-Germain, cité balnéaire tout près de Radès. Avec mes parents nous logions au casino, face à la magnifique plage de sable fin. Emilie, ne pouvant plus rester seule à Bizerte, avait élu domicile à la maison familiale de la rue Langlois, à quelques encablures de Saint-Germain. Je perdais un peu ma grand-mère pour me retrouver sous la coupe d'Alice.

ALICE

Alice Chaveroux est née le 5 avril 1912 à Villamblard, petit village perdu dans le Périgord pourpre. Eh oui ! Aujourd'hui la Dordogne est divisée en quatre Périgord : le vert, le blanc, le noir et le pourpre. Le pourpre évoque la couleur des vins du Bergeracois et des feuilles de vignes en automne. Il faut bien attirer le chaland.

Le Pays de Villamblard se situe dans le triangle délimité par Périgueux, Bergerac et Mussidan. Adossé à une colline, ses constructions anciennes longent le flanc de ce coteau. C'est dans le vieux village qu'Alice a vu le jour. L'entrée du bourg, quand on arrive de Mussidan, est protégée par un château fort qui a conservé son donjon en relativement bon état. Le reste, comme beaucoup de châteaux forts datant du XIIe siècle, demanderait une sérieuse restauration pour être visité sans risque de recevoir une pierre sur la tête. Les servants des mâchicoulis et des hourds ne sont plus dangereux depuis qu'un certain Berthold Schwartz, moine belliqueux, inventa la poudre à canon. Un petit cours d'eau, le Roy, traverse Villamblard du nord-est au sud-ouest. Avec Serge, mon cousin, j'allais à la pêche pour le seul plaisir de voir l'eau courir entre les hautes herbes.

Alice parlait très peu de son enfance. Quand je posais des questions, les réponses étaient toujours évasives. J'ai retenu qu'un grand malheur était survenu quand elle avait quatorze ans. Sa mère, Madeleine Chaveroux, née Galinaux, décéda d'une crise d'urée. Elle a donc été séparée de ses trois frères et de sa sœur pour être placée chez sa tante maternelle, Marthe Champernaud, qui a pourvu à son éducation.

A l'opposé de ses parents qui vivaient au seuil de la misère, Marthe avait des moyens financiers plus importants. Alice a pu devenir couturière et ouvrir un atelier pour les dames de la bourgeoisie de Bergerac. Elle m'a laissé entendre, une seule fois, qu'elle avait pendant un temps eu un associé. Un homme ? Une femme ? Marthe, avec l'aide de son mari Jean-Jules, a-t-elle assuré seule l'ouverture de ce commerce ? Question sans réponse, toutes les personnes qui de près ou de loin auraient côtoyées ma mère ne sont plus de ce monde.

C'est donc dans la cité de Cyrano que Fernand, en quête de Roxane, a trouvé Alice. Où ? Quand ? Comment ? Mystère ! Je penche pour l'année 1938, car un an après leur rencontre la France a déclaré la guerre à l'Allemagne selon mon père.

Pensant à juste titre que notre armée brillait par son impréparation, il a pris la sage décision d'envoyer Alice auprès de sa mère à Bizerte. Hitler ne prendra jamais la Tunisie. Grave erreur de jugement ! Une des rares erreurs de Fernand.

Pas content de voir les Anglo-américains débarquer le 8 novembre 1942 au Maroc et en Algérie sous le feu des troupes françaises commandées par le plus anglophobe de nos amiraux, Darlan, les nazis expédièrent en Tunisie, par un pont aérien depuis la Sicile, quinze mille soldats de l'Axe avec du matériel. En face, douze mille français sans matériel, histoire d'habitude, sous l'autorité du résident général, l'amiral Esteva, se trouvèrent rapidement en mauvaise posture. Cerise sur le gâteau, Darlan, qui venait de retourner sa veste, ordonna à Esteva de résister alors qu'au même moment le régime fantoche de Vichy lui demandait le contraire. Suite logique de cet imbroglio : le port de Bizerte tomba intact aux mains des troupes allemandes et italiennes. Les chefs français en Tunisie, Esteva, Barré et Derrien, battirent en retraite pour attendre les Alliés.

Le général Eisenhower, tout content de trouver un interlocuteur en la personne de François Darlan, un grand pétainiste, pensait avoir définitivement écarté De Gaulle, exécré par Roosevelt. Le 24 décembre 1942, Fernand Bonnier de la Chapelle, âgé de vingt ans et complètement mis à l'écart dans l'épopée gaulliste, abattit de deux balles François Darlan. Grâce à lui, la route d'Alger fut ouverte au Général. Jugé à la hâte sans possibilité de recours, il fut fusillé le 26 décembre 1942 à sept heures trente du matin. Il fut réhabilité le 21 décembre 1945. Sur sa tombe est écrit : « Mort pour la France ». Cette mention a été retirée en 1947 de la tombe de Darlan.

*
* *

« Moi j'ai fait la guerre ! », aimait-elle dire à la cantonade. Alice a effectivement fait la guerre. Emilie m'a confié que pendant les bombardements de Bizerte, elle était partie pour une mission à très haut risque avec ma tante et Alice. On pourrait penser à une mission humanitaire. Voler au secours de blessés pris aux pièges dans les ruines des immeubles soufflés par les bombes. Non ! Elles sont allées récupérer l'argenterie du Grand Hôtel. Au fond d'un placard, quelque part dans la salle à manger de ma maison, une boite en bois soigneusement fermée par un ruban contient ces reliques. Mes enfants, malgré toutes mes arguties, restent dubitatifs devant fourchettes et cuillères à l'effigie du G.H.

J'ai très peu connu les frères de Maman. Georges l'électricien, Edmond le boucher et Jean le gendarme. Marie-Louise, la cadette, mère au foyer, nous invita plusieurs fois à Villamblard, où j'avais le droit de jouer avec mon cousin Serge et ma cousine Liliane.

En feuilletant l'album de famille, on constate que sur les photos Alice pose toujours comme un mannequin des journaux de mode des années 1930. Elle était très belle, blonde avec de grands yeux bleus. Une photo couleur prise par mon père avec son Focca à télémètre couplé, très moderne pour l'époque, montre maman et ses deux amies en maillots de bain se tenant debout sur un rocher perdu dans la mer le long de la plage de la corniche. *Les Trois Grâces*, nom de cette photo, était toujours sortie à la fin du repas quand des amis venaient nous rendre visite à Ribérac. Evidemment, Maman mentionnait en fronçant les sourcils qu'elle n'aimait pas cette photo car à cette époque elle avait légèrement forci. Coquetterie féminine.

Il a fallu que je grandisse pour comprendre que grâce ne signifiait pas grosse ou enrobée, mais beauté, élégance. Je ne connaissais pas le tableau de Raphaël et l'orthographe me paraissait déjà une discipline barbare.

Tante Champernaud décéda le 7 juillet 1972 à l'âge de quatre-vingt-dix-huit ans dans une maison de retraite libournaise. Chaque fois que maman allait rendre visite à sa tante, une fois par an, papa restait dans la voiture et moi je devais faire la bise à une vieille dame qui piquait. Le bâtiment me faisait peur, il était lugubre. Dans la chambre où végétaient une dizaine de morts-vivants, seuls des paravents brinquebalants entre les lits donnaient un semblant d'intimité. Mais pas pour les odeurs et les bruits sournois.

Comme Rina Ketty au fin fond de la Suisse, Alice attendait à Mateur le retour hypothétique de Fernand, car la guerre traînait en longueur. Le temps lui paraissait long et il était sans doute encore plus long pour lui.

*
* *

Depuis l'arrivée au stade de la Liberté à Rambervillers, son horizon pendant cinq longues années se borna aux fils barbelés et aux miradors. Pourtant les Allemands firent un effort en juin 1940.

Après avoir séparé les officiers des hommes de troupe, les Allemands rapatrièrent tout ce petit monde au cœur du IIIe Reich pour l'installer dans des oflags. En effet, selon la Convention de Genève du 27 juillet 1929, les captifs doivent être traités en tout temps avec humanité. Ils doivent notamment être protégés contre les actes de violence, les insultes et la curiosité publique. En outre, il est interdit d'exercer des représailles contre eux. C'est la théorie, car en pratique dès juin 1940 les nazis ont zigouillé bon nombre de Noirs et d'Arabes. Notre empire colonial a toujours fourni de gros contingents de chair à canons. Comme les Juifs, les Tziganes, toutes les races dites inférieures furent éliminées.

Pour amener cette piétaille vers le nord du Reich, les nazis réquisitionnèrent des bateaux mouches, pour les officiers seulement. Mon père, qui avait toujours rêvé de descendre le Rhin, fut comblé. Presque, car avec des menottes aux poignets le romantisme allemand incarné par Goethe prenait un sacré coup dans l'aile.

Par la suite, les déplacements s'effectuèrent le plus souvent à pied. Très économique pour les allemands – pas de frais de carburant – mais très fâcheux pour nos français car les semelles des brodequins souffraient rapidement.

Après un passage éclair en Silésie à Landsdorff, Fernand resta deux années à l'oflag VIII G à Weidenau, puis un an respectivement dans les camps suivants : Mährisch Trübau oflag VIII F – aujourd'hui en République Tchèque –, Tost Oflag VI, Elsterhorst Hoyerswerda oflag IV D. Il termina son périple touristique du IIIe Reich par la forteresse de Colditz.

Le désœuvrement, quelle tristesse pour un prisonnier ! La pire, sans doute, après l'angoisse des siens. Heureux celui qui peut s'évader de la captivité quotidienne par le bricolage, le théâtre, le sport et même la confection de jouets en carton découpé. Heureux surtout ceux qui ont pu traduire, sur un morceau de bois avec un couteau, un cahier et un crayon ou un pinceau et de mauvaises couleurs, le fond de leurs pensées et de leurs élans renfermés. Ces paroles d'Henri Curtil, prisonnier à Elsterhorst Hoyerswerda, montrent bien que si le corps reste enfermé par des barbelés l'esprit peu s'évader par la volonté. Tel fut le cas de Pierre Lelong, un autre compagnon d'infortune, qui s'est mis à peindre son obsession avec cette vérité et cette simplicité qu'on atteint lorsque l'on est loin de tout. Son album de peinture est saisissant d'authenticité.

Comme les officiers ne travaillaient pas, à la différence des troufions des stalags, une effervescence intellectuelle se développa pour briser la solitude. Des enseignants reprirent leurs cours, chacun dans sa spécialité, et permirent ainsi aux plus courageux de reprendre des études arrêtées par la mobilisation. Elles seront validées une fois la guerre finie. Des bricoleurs de génie construisirent un chemin de fer miniature avec des boîtes de conserves, à la stupéfaction des Allemands.

Ces activités se faisaient au vu et au su des gardiens qui voyaient cela d'un très bon œil. Mais le rêve de tout prisonnier est de s'évader. Les plans d'évasions foisonnaient dans les têtes, ils en rêvaient. Pour beaucoup d'entre eux le pas entre le rêve et la réalité était trop grand à franchir. Ce fut le cas de Fernand. Rejoindre la mère patrie se révélait très périlleux, alors atteindre Bizerte, impensable !

Par contre il a participé à la préparation de plusieurs tentatives d'évasion. Sa spécialité : le guet. Il passait par exemple des heures à se raser près d'un point d'eau équipé d'une fenêtre, en sifflant toujours la même chanson. Si la mélodie changeait, le collègue à l'aplomb du tunnel dans le baraquement choisi pour sa proximité de la clôture d'enceinte, actionnait l'alarme en tirant sur une ficelle reliée à une boite de conserve. Le tunnel était le moyen le plus employé quand le sol s'y prêtait. Les inconvénients étaient multiples : mauvaise trajectoire, inondation par fortes pluies et surtout éboulement étouffant les malheureux en train de creuser. Un bon étayage permettait d'éviter les catastrophes. Le problème pour étayer était qu'il fallait du bois. Le bois était prélevé sur les lits superposés. Il fallait tout simplement retirer une planche sur deux voir sur trois. Le mal de dos devenait alors chronique pour toute la chambrée.

A Mährisch Trübau, en octobre 1942, mon père s'inquiétait car ses vêtements chauds partaient en loques. Comment allait-il passer un autre hiver ? Les colis de la Croix-Rouge qui arrivaient épisodiquement allaient-ils apporter un bon tricot de laine à col roulé ? Perdu dans ses pensées, il rencontra au détour d'un baraquement un jeune capitaine qui délivrait des cours de français.

– Fernand, j'ai besoin pour terminer ma thèse d'un livre introuvable dans ce caravansérail oublié des dieux.

– Lequel ?

– Il me faudrait les poésies de Verlaine aux éditions Charpentier & Fasquelle, préfacées par François Coppée de l'Académie française.

– Incroyable, ta demande ! J'ai ce livre et je te le donne bien volontiers.

– Les bras m'en tombent ! Pourquoi avoir conservé cet ouvrage ?

– En septembre 1939, j'avais fait parvenir à Haguenau une cantine constituée uniquement de livres. Ayant reçu l'ordre de franchir les Vosges en juin 1940 avec ma compagnie, je me suis trouvé dans l'obligation d'abandonner ces bouquins impossibles à transporter pour les pauvres mules déjà surchargées. Dans la cave d'une maison réquisitionnée, j'ouvris pour la dernière fois cette cantine. Pourquoi ai-je mis ce Verlaine dans ma poche ?

– Fernand, que voudrais-tu en échange ?

– Un bon tricot de laine pour affronter l'hiver.

– Tiens ! Et joignant le geste à la parole, il retira son tricot et le posa sur le châlit de bois et de paille recouvert d'une couverture.

– Et toi ?

– Verlaine me tiendra chaud.

Le froid, la faim, la promiscuité, l'absence de courrier jouaient sur le moral. La ration journalière de quelques morceaux de rutabaga nageant dans une eau tiède, la soupe, n'incitait pas à s'attarder à table. Fernand remarqua que les hommes de plus de quarante ans résistaient beaucoup mieux à ce régime, fort pauvre en calories, que les jeunes. Le jour où les colis de la Croix-Rouge arrivaient, toute la chambrée se réunissait autour de l'unique table pour le partage équitable et la découverte de messages ou de matériels d'évasion ayant échappés au contrôle des Allemands et dissimulés dans un pain, un pot de confiture, etc. L'imagination dans ce domaine n'avait pas de limite.

– Fernand, regarde, ma femme m'a fait parvenir une bouteille de parfum. Que veux-tu que je fasse d'une bouteille de parfum ?

– Elle pense peut-être à ton retour.

– Vu les événements, le retour n'est pas pour demain. La Wehrmacht vient de prendre Stalingrad selon les informations de Radio Berlin.

Des petits malins avaient réussi à fabriquer un poste de radio.

Après l'extinction des feux, allongés dans sa bannette et cherchant le sommeil, Fernand repensa en souriant à la bouteille d'eau de Cologne. Une idée lui vint. Il baissa la tête pour regarder son collègue du rez-de-chaussée.

– As-tu vérifié le contenu ?

– Non ! Bon sang, je vérifie !

– De la gnole, Fernand ! C'est de la gnole !

Mieux qu'un coup de canon, le mot *gnole* fit immédiatement lever toute la chambrée.

Ces petits moments de plaisir laissaient place à un grand bonheur quand arrivait la lettre tant attendue. Elles étaient rares car les nazis ne mettaient pas forcément de la bonne volonté à l'acheminement du courrier des prisonniers de guerre. Ceci était valable dans l'autre sens. Les missives de mon père, écrites sur papier réglementaire en tout petits caractères pour insérer plus de mots, n'arrivèrent pas en Tunisie.

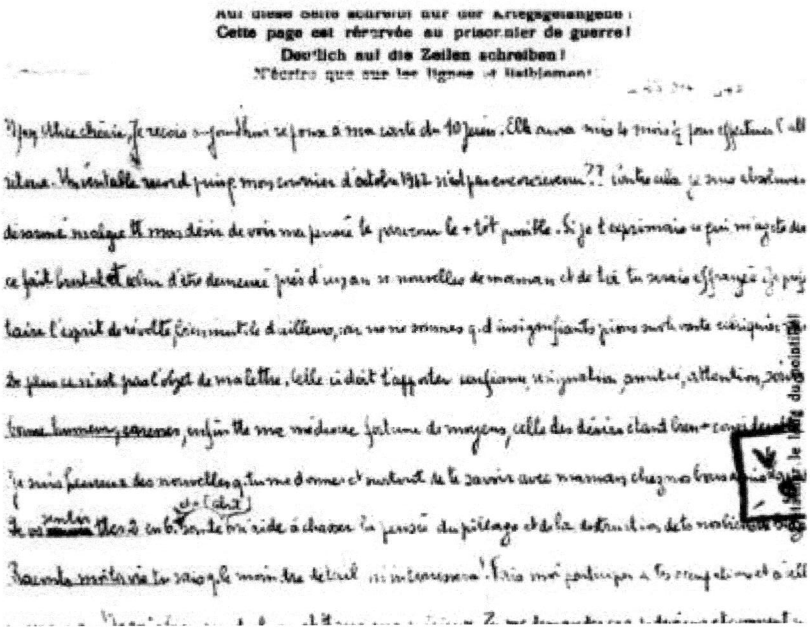
Auf diese Seite schreibt nur der Kriegsgefangene!
Cette page est réservée au prisonnier de guerre!
Deutlich auf die Zeilen schreiben!
N'écrire que sur les lignes et lisiblement!

de captivité. J'habite une chambre du 1er étage [illegible] d'un espace analogue [illegible] de l'hôtel.

Elle donne sur un couloir si fréquenté, si bruyant, que la journée entière ne favorise pas [illegible] de tranquillité.

Il est le siège [illegible] des [illegible] et abus de ses poumons. [illegible] il ne m'est

[illegible] d'entendre cette kyrielle de raisonnements, [illegible] se mêler, se [illegible] et se confondre, [illegible]

[illegible] trop prolongés fatiguent et dérangent la pensée. [illegible] l'heure du [illegible]

et grâce aux bruits du jour on entend [illegible] les bruits de la prison nocturne ([illegible]) qui [illegible]

de la nuit. J'occupe mes loisirs d'une manière [illegible]. Notre [illegible] de 7 à 8, appel à 8h

[illegible] de 9 à 10, [illegible] de 10 à 11h30, déjeuner 12h, [illegible] de 13h30 à 16h, [illegible] à 18h [illegible]

[illegible]

[illegible]

[illegible]

[illegible]

[illegible]

C'est bientôt la fin des tourments pour Fernand, mais c'est surement le moment le plus dur, la plus grande souffrance pour le peuple allemand qui a choisi et suivi un fou furieux se prenant pour le messie et enfermé dans une logique meurtrière. Le suicide collectif !

Le château de Colditz, fin du voyage touristique en Allemagne, se situe dans la localité éponyme, à mi-chemin entre Leipzig et Dresde en Saxe. Son origine remonte au XIe siècle. C'est un bâtiment massif à plusieurs niveaux, perché en haut d'une petite colline dominant la ville, qui me fait un peu penser au château du Haut-Kœnigsbourg dans les Vosges. Architecture germanique, du lourd.

Des remparts de la forteresse de Colditz où il avait débarqué début février 1945, il pouvait admirer les milliers de bombardiers allant transformer en chaleur et en lumière la capitale du Reich et les villes aux alentours comme Dresde. Spectacle grandiose la nuit avec sons et lumières. Cette ville martyre est à moins de soixante-dix kilomètres à vol d'oiseau du château.

Dans cet enfer des camps, les jours, les semaines, les mois et les années attisaient la vengeance et la haine, au point d'être, pour certains, la seule raison de vivre. Parler d'oubli en avril 1945 serait une incongruité. Beaucoup se taisaient devant ce spectacle, d'autres se laissaient aller.

– Regarde les salauds, qu'est-ce qu'ils prennent !

– Juste retour des choses !

– Justice, à leur tour de payer !

– Qu'ils crèvent !

Qu'ils crèvent. Ils le pensaient tous, mais à voix basse, pour ne pas être entendu par ses voisins. Fernand murmurait : « pauvres gens ». Sous ce tapis de bombes il n'y avait pas de divisions de la SS ni de la Wehrmacht, mais des civils qui avaient surement voté le 5 mars 1933 à plus de 47% pour le Parti national-socialiste. Punition ou crime de guerre ?

C'est la fin ! Personne ne songeait plus à s'évader, même si des aviateurs anglais avec leurs planeurs construits dans les combles du château pensaient pouvoir atterrir loin du mur d'enceinte, il y avait plus de risque de mourir sous les bombes que d'arriver à bon port.

Malgré le chaos, des colis parvenaient encore à passer. Ils contenaient surtout de la nourriture agrémentant l'ordinaire. Les jeunes gardiens des oflags de juin 1940 avaient laissé la place aux pensionnaires des maisons de retraites, des vieux ayant allègrement dépassés les soixante-dix printemps, car tous les hommes en état de se battre étaient au front. Au moment de la ronde du soir, un des gardes, surnommé Adolf par les prisonniers, regardait avec envie un pot de confiture ouvert sur la table en montrant ostensiblement qu'il avait fait un trou supplémentaire à son ceinturon.

– Assieds-toi, Adolf !

Adolf appuya son fusil contre le mur et prit place. Personne ne songea à prendre cette arme.

Début avril, des français eurent l'idée de déployer un grand drapeau bleu, blanc, rouge confectionné avec les moyens du bord sur le toit du donjon pour faire comprendre aux avions de reconnaissance que cette grande bâtisse servait de camp de prisonnier. Après avoir survécu à cinq années de détention dans différents oflags, il aurait été couillon de mourir sous les bombes des Alliés.

Les Américains ! Les Américains arrivent ! Le 17 avril 1945, un Sharman franchit le pont qui enjambe la Zwickauer Mulder. Tous les prisonniers poussèrent un grand *ouf*. Libérés oui, mais pas par les Russes, heureusement, car avec les Russes le retour risquait d'être long et semé d'embûches. Certains prisonniers ont mis plusieurs mois avant de regagner la terre natale.

Dans le camp, les prisonniers devinrent les gardiens du château et les gardiens les prisonniers, qui prirent ballets et brosses pour nettoyer les latrines. Petite vengeance.

Fernand faillit pourtant perdre la vie le lendemain, avec une vingtaine de compatriotes, alors qu'ils se rendaient à l'aérodrome le plus proche pour être embarqués destination Le Bourget. Un chauffeur noir complètement saoul qui roulait à tombeau ouvert faillit plusieurs fois renverser le GMC. Heureusement, il put prendre le DC3 du pont aérien qui le ramena sain et sauf en terre de France le 20 avril 1945.

Sain et sauf pas tout à fait. En 1965, avec Papa, nous sommes allés marcher le long de la plage du Pin-Sec près de Montalivet. Pour arriver au Pin-Sec, à cette époque, il fallait emprunter une piste bétonnée construite par l'organisation Todt qui mourrait au pied d'une grande dune qu'il fallait escalader. Au sommet, à perte de vue s'étendait l'océan, d'un bleu foncé ce jour-là, avec ses hautes vagues qui se brisaient sous un nuage d'écume emporté par le vent de noroît. A l'opposé, le grand massif forestier des Landes de Gascogne courait de la pointe de Grave à Hossegor. Une cabane à frites, seule présence de l'homme, avait élu domicile là où meurt la forêt pour laisser place au cordon littoral. L'été, quelques tentes fleurissaient, disséminées sous les pins. Le bruit de l'océan a été subitement couvert par les accents gutturaux de la langue germanique. Un couple d'allemand avait également escaladé la dune. Mon père se figea. Le regard dur, un regard que je ne connaissais pas, il cria « *raus !* » et redescendit vers la voiture, contrarié.

Stupeur de Fernand en voyant la coccinelle garée à côté de la 403. Sur le capot moteur, les lettres CH remplaçaient les lettres RFA. C'était un couple de jeunes suisses.

Tu vois, dans la vie, il ne faut jamais s'emporter. Il est impératif de toujours garder son sang-froid et de contenir ses émotions. Mon ami d'enfance, Albert, était coutumier du fait. Je suis désolé pour ces jeunes.

Ce jour-là, j'ai compris que les fantômes de Colditz, Hoyerswerda et Mährisch Trübau le hantaient toujours.

Démobilisé à Paris le 20 avril 1945, le jour de l'anniversaire d'Adolf Hitler, il put sauter dans un train le 22 en direction de Marseille, puis dans un avion le 1er juin à Marignane pour la Tunisie. Il arriva en fin de soirée à El-Aouina où Alice l'attendait, après un vol long et inconfortable, dans un Ju 52 confisqué à la Lutwaffe. La boucle infernale était bouclée. Le 9 juin 1945, Alice et Fernand se marièrent à Bizerte.

Amaigri et fatigué par cinq années de captivité, Fernand abandonna l'idée de rester en Tunisie, sur les conseils des médecins. A l'époque, les autorités médicales pensaient que le climat de la métropole serait moins difficile à supporter, surtout pendant la période estivale.

Nommé à Ribérac, il fit un détour par Sigoulès afin de préparer son déménagement et retrouver sa jolie voiture qui l'attendait peut-être.

En effet, en 1938, mon père, éternel amoureux des cabriolets, avait fait l'acquisition d'une superbe 202 de couleur noire. Cette décapotable plaisait énormément à maman. Un vieux film en 9mm, sauvé par mes soins et numérisé, montre Alice ouvrant la porte gauche pour s'asseoir à la place du conducteur. A cette époque elle n'avait pas encore passé son permis de conduire.

Avant de quitter la Dordogne pour le front en 1939, il prit soin de mettre la 202 sur cales dans le garage jouxtant la petite maison que l'administration lui avait louée à côté de l'église de Sigoulès, la confiant aux bons soins de son ami Pierre D.

En 1945, à son retour, il s'empressa de rendre visite à son ami, maire de Sigoulès, qui lui annonça avec un grand sourire que sa voiture l'attendait.

– Incroyable ! Comment a-t-elle pu échapper aux multiples réquisitions de la Wehrmacht ?

– Début 1944, j'ai reçu la visite d'un officier allemand qui voulait inspecter et réquisitionner tout le matériel roulant encore en possession des habitants. En effet, les usines du IIIe Reich ne pouvaient plus réapprovisionner les unités combattantes saignées à blanc durant la bataille de Koursk. Cet officier, qui avait largement dépassé les soixante-dix printemps, portait un monocle et sa tenue datait des Uhlans de la guerre de 1870, du plus bel effet pour un bal costumé. Malheureusement, la période était peu propice aux réjouissances. En ouvrant la porte de ton garage, j'ai précisé que cette automobile appartenait à un officier français prisonnier en Allemagne. A ma stupéfaction, il s'est mis au garde à vous et a salué la voiture : « Le code de l'honneur d'un officier prussien interdit de prendre la voiture d'un officier français prisonnier en Allemagne ».

– Vraiment un chic type, ce Prussien ! Te souviens-tu de son nom ?

– Non. Un Von quelque chose !

*
* *

Moi, j'essaie de rejoindre Saint-Germain, plus précisément Ezzahra, son nouveau nom. En effet, comme Saint-Germain désigne de nombreux saints chrétiens, une bonne quinzaine, il eut été difficile pour le pouvoir en place dans un pays musulman de glorifier un disciple de Jésus et la colonisation, bien que les trois religions monothéistes aient la même origine : Abraham.

Ezzahra est enclavée entre Radès et Hamman Lif. Autrefois séparées, elles forment aujourd'hui la grande banlieue de Tunis. Donc, théoriquement, il est très aisé pour un aventurier en herbe comme moi muni de sa carte Michelin de trouver ce bled. A la cinquième personne interrogée, je me demande si les Tunisiens me prennent pour un débile ou me font une mauvaise blague. De guerre lasse, je renouvèle ma demande à ce brave homme en précisant « Saint-Germain ».

– Saint-Germain, pas de problème, la deuxième à gauche. Vous savez, Monsieur, les gens d'ici connaissent mieux Saint-Germain, que l'on appelle entre nous Paris-Saint-Germain, qu'Ezzahra.

– Merci beaucoup. Comprenne qui pourra !

Passant devant la petite gare, je ne peux m'empêcher de jeter un œil pour voir si par hasard une 4CV Renault découvrable attendrait la prochaine micheline. Non, bien sûr. La machine à remonter le temps n'existe pas, sauf dans les rêves. Par souci d'économie, les agents de la SNCFT ont tout simplement repeint sur la mosaïque de la façade le nom *Ezzahra*, cachant à peine l'ancienne dénomination.

J'arrive. Plus que cent mètres pour revoir la grande plage et le casino de mon enfance à gauche du parking. Devant moi, la route s'arrête sur un enrochement. Plus de parking, plus de plage, la belle terrasse ombragée du casino a disparu, le casino est en ruine. Douche froide. La mer lèche dorénavant les fondations des bâtiments bordant le littoral, construits entre les deux guerres.

Notre chambre au premier étage possédait un grand balcon avec vue magnifique sur le golf de Tunis et la plage de sable fin.

Assis sur la margelle de l'ancien muret, des souvenirs me reviennent à la mémoire, comme le jour où, bravant l'interdiction maternelle, j'ai franchi la barrière qui délimitait notre balcon de celui d'une amie à elle. Censé faire la sieste, j'étais donc seul dans l'appartement. Me prenant pour Maurice Herzog, j'ai escaladé cet obstacle pour retrouver une copine. J'ai malheureusement oublié le prénom de cette copine, je me rappelle simplement qu'elle adorait jouer avec moi. L'amie de ma mère avait récupéré un berger allemand soi-disant très agressif qui avait été dressé pour la défense. Je vous laisse imaginer la tête de mes parents quand ils m'ont trouvé assis sur cette chienne en train de lui tirer les oreilles. Sur la plage, sous le parasol mais avec mon chapeau, je pouvais rester seul pendant que mes parents se baignaient. Toute personne passant à moins de cinq mètres du parasol avait droit à un grognement très dissuasif. Les animaux ont-ils un instinct maternel ? Je ne suis pas un spécialiste mais je suis persuadé qu'elle avait senti ma faiblesse enfantine et qu'elle se devait de me protéger.

La terrasse ombragée surélevée de quelques marches donnait sur la plage où un pêcheur venait échouer de temps à autre son pointu regorgeant de poissons encore vivants. Nous avions toujours la même table près du balcon surplombant mon terrain de jeu. Le service était assuré par un petit monsieur à la fine moustache aussi noire que ces cheveux. Un pantalon noir, une veste et une chemise blanche ornée d'un magnifique nœud papillon constituaient sa tenue. Les clients l'appelaient Amor. Mon père aimait beaucoup parler avec ce monsieur qui m'avait dit que j'avais un gentil papa. Intrigué par cette amitié entre un

Arabe et un Français, j'ai osé poser la question à mon père.

– Papa, pourquoi aimes-tu ce monsieur ?

J'étais, à cet âge, encore imprégné des préjugés de maman.

– Alain, ce monsieur est plus français que beaucoup d'entre nous.

Réponse laconique incompréhensible pour un gamin. Mais un matin j'ai tout compris. Une cérémonie à la mémoire des morts des deux guerres eut lieu à Saint-Germain. Il est arrivé en tenue de tirailleur, la poitrine couverte de médailles et sur la manche l'inscription 4RTT.

J'avais huit ans cet été là à Saint-Germain et je commençais déjà à souffrir de la solitude et des besoins d'évasions naissaient en regardant les enfants de mon âge jouer librement sur la plage. Depuis ma naissance, ma mère me couvait comme le lait sur le feu.

ALAIN

Je suis mort, pas encore mais presque. Nous sommes le 8 avril 1949, il est quinze heures. Le docteur Cadiot, jeune médecin frais émoulu de la faculté de médecine, pratique son premier accouchement. A cette époque, la majorité des naissances à la campagne a lieu au domicile familial. La nôtre est une grande maison froide située route de Bordeaux à Ribérac, en face du maréchal ferrant. Elle sert également de bureau à mon père, receveur de l'enregistrement. La France n'est pas riche.

Je ne voulais pas sortir et Cadiot ne sachant pas comment me faire sortir, il décide d'appeler l'obstétricien de l'hôpital de Périgueux, le docteur X. Ce spécialiste vient juste de quitter son bureau quand, dans sa voiture, il se rend compte qu'il a oublié un dossier et remonte le chercher. Il ouvre la porte de son cabinet, le téléphone sonne, il décroche et Cadiot au bout du fil lui décrit tous les problèmes qu'Alice et moi nous lui posons à trente-sept kilomètres de là.

La traction avant de 15CV avale rapidement le trajet entre Périgueux et Ribérac. Mon père lui ouvre la porte.

– Je ne suis pas le bon dieu, la mère ou l'enfant ?

– La mère !

Il n'est pas le bon dieu, mais il assure avec brio l'intérim car une heure après, de la cuisine où il s'est réfugié, Fernand entend mes premiers cris et la voix de ma mère venant de la chambre située au premier étage.

De la période route de Bordeaux je n'ai qu'un seul souvenir : avec mon youpala j'ai essayé de descendre le grand escalier en bois vernis. Le youpala s'arrêta net à la première marche et moi j'ai continué tout seul sur le nez. Tous les matins quand je me rase je peux admirer les dégâts occasionnés. Comme Cyrano, je me suis habitué à mon appendice nasal.

Mon père a vite compris que l'on ne pouvait pas continuer à vivre dans cette grande bâtisse impossible à chauffer et au confort spartiate. Au rez-de-chaussée l'eau courante arrivait à la cuisine, mais pas dans les étages. Pour aller aux toilettes, situées au fond du couloir du palier, on ne devait surtout pas oublier le broc. Il a servi à ma mère de massue pour défoncer la porte. En effet, cette dernière était munie de deux targettes, une à l'intérieur, mais curieusement une à l'extérieure à portée de main d'un enfant. J'ai donc tiré la targette, enfermant Maman, mais n'ai jamais pu la repousser. C'est avec stupéfaction que j'ai vu le fond du broc apparaître entre les planches disloquées de la porte puis le visage de Maman rouge de colère.

En 1956, Papa se lance et fait construire dans une impasse à la sortie de Ribérac, route de Bordeaux, une maison. J'adorais monter avec mon père, voir travailler la grosse pelle mécanique montée sur un châssis de GMC qui essayait de niveler ce terrain fort pentu. Ayant participé aux travaux de la ligne Maginot, mon père voulait une maison indestructible avec des murs de cinquante centimètres d'épaisseur en pierres apparentes du Chapdeuil, mises en forme consciencieusement par une équipe de travailleurs portugais avec marteaux et burins.

En cet immédiat après-guerre, du fait du blocage des loyers, le parc immobilier était vétuste et très insuffisant. Pour stimuler la construction, un ministre eut l'idée de favoriser l'accès à la propriété en subventionnant des candidats auxquels on octroyait des prêts à taux bonifiés, correspondant à la quasi-totalité des travaux. Revers de la médaille : le choix des maisons étaient restreints aux plans proposés par le service de la Construction, moyennant finance.

Le constructeur choisi par mon père avait beaucoup de mal à suivre le plan établi, surtout qu'Alice lui avait demandé de surélever le rez-de-chaussée non habitable dans le plan, d'ouvrir trois fenêtres, une porte extérieure, de monter des cloisons et d'installer une cheminée dans une des pièces à aménager ultérieurement. Ce brave maçon a dû démolir trois fois le conduit de cheminée car il arrivait toujours sur un cul de sac : escalier pour monter au grenier, poutre faîtière, etc. Il y avait matière à se poser des questions sur les capacités de l'artisan. Après plus de deux ans de travaux, nous pouvions enfin emménager.

Pourtant, il restait un dernier obstacle à franchir : obtenir le certificat de conformité qui conditionnait le prêt et l'exonération d'impôt foncier pendant vingt-cinq ans. Le fonctionnaire chargé du contrôle était fort tatillon. Il n'a pas admis en premier lieu l'agrandissement de la salle à manger par ouverture de la cloison de la troisième chambre et toutes les modifications imposées par maman. A la deuxième visite, le fonctionnaire trouva toutes les ouvertures murées avec les mêmes pierres mais scellées au plâtre et la fameuse cloison reconstruite en isorel. Satisfaite, l'administration délivra le fameux certificat de conformité. Mes parents firent aussitôt démonter ces emplâtres. C'est ainsi que la maison de type F4 devint un court instant F3, puis à nouveau F4, pour terminer F6. Alice avait gagné. J'avais huit ans.

A huit ans j'étais grand et maigre. Ma mère se réveillait plusieurs fois par nuit car j'avais souvent des douleurs abdominales. Elle me préparait une infusion, un cataplasme quand je toussais. Je ne pouvais pas faire un pas dehors l'hiver sans une grosse écharpe, un bonnet et un gros manteau genre camisole. L'été, obligation de porter l'éternel chapeau et un polo pour éviter les coups de soleil.

Elle avait la phobie des maladies. Attention, pas les maladies ordinaires de tout un chacun, mais les maladies « avec complications ». Une angine avec complications, une bronchite avec complications, la rougeole avec complications, même un rhume avec complications !

J'étais la chose de ma mère. Alice me couvait à m'étouffer. Cependant être malade avait des avantages, en particulier celui d'être de toutes les attentions et de tous les soins. Cet amour maternel me marqua de façon indélébile et développa en moi une forme de rejet affectif à l'adolescence. « Il n'y a pas d'amour heureux » selon Louis Aragon.

Rien n'est jamais acquis à l'homme Ni sa force
Ni sa faiblesse ni son cœur Et quand il croit

Ouvrir ses bras son ombre est celle d'une croix
Et quand il croit serrer son bonheur il le broie
Sa vie est un étrange et douloureux divorce
Il n'y a pas d'amour heureux

Durant les vacances je restais seul avec maman pendant que mon père appliquait dans son bureau les directives souvent contradictoires de l'administration. J'étais seul, car l'autre, le copain, c'était le danger, il pouvait me faire du mal et puis était-il bien élevé ? Pouvait-on faire confiance aux parents ? Pour Alice, le monde se résumait à cette phrase de Jean-Paul Sartre dans *Huis clos* : « L'enfer c'est les autres ».

Mon père, qui ne s'occupait pas de mon éducation de prime abord, imposa mon inscription au club de judo. Il voulait que je devienne un homme. Les débuts ont été très difficiles car j'avais l'impression de voler dès que je rentrais sur le tatami. Alice tremblait, elle avait peur. Elle me voyait rentrer à la maison avec un bras, une jambe dans le plâtre. Evidemment, une fracture avec complications.

Enfin, à l'âge de dix ans, un frère, un ami, un copain est arrivé. Il m'a énormément aidé. Il s'appelait Bouli. Sa mère était un vrai loup de Poméranie et son père un cocker. C'était donc un bâtard tout blanc qui ressemblait vaguement à sa génitrice en plus gros. Bouli devenait souvent

Rintintin, parfois un confident auprès de qui je pouvais me confier sans craindre une contradiction. Son seul défaut : il adorait la gent canine du quartier, qui vit fleurir de petits chiots blancs avec la queue en trompette. Ma mère avait donné son aval pour un chien car l'année précédente les deux petits chatons offerts par des amis n'avaient pas dépassé l'âge de trois mois. Elle pensait que si l'adage *jamais deux sans trois* était respecté, elle en serait débarrassée rapidement. Il vécut dix-huit ans.

Ayant quitté la maison familiale à dix-huit ans, Bouli fut exclusivement le compagnon de papa dans ses promenades autour de Ribérac. Il n'aimait pas trop la voiture et restait toujours tapis au fond de la 404 sous le tableau de bord côté passager. Avec lui, nous aimions particulièrement jouer dans les ruines du château de Mangou perché au sommet de la colline. Notre maison avait été édifiée le long de l'allée principale bordée de pommiers, à flanc de coteau. Ce domaine était constitué d'une maison de maître style vieille demeure périgourdine et de dépendances. Appelé château, il partit en fumée dans la nuit 8 au 9 novembre1937. Des témoins ayant entendu de fortes explosions, une rumeur encore tenace de nos jours courut de bouches à oreilles. Le propriétaire, un riche hobereau, aurait fait partie des Croix-de-Feu du colonel de La Rocque et caché des armes et des munitions dans la cave. Un règlement de comptes politique ? Une cache d'armes de la Cagoule ? La rumeur n'a pas de limite. Cette ligue, comme toutes les autres, fut dissoute par le front populaire, donnant naissance au Parti social français, plus grand parti de masse de la droite française. De La Rocque faillit renverser la République le 6 février 1934. Supérieurs en nombre avec plus de huit mille Croix-de-Feu, à quelques encablures du palais Bourbon, il n'osa pas franchir le Rubicon.

Dans ces ruines au passé trouble, je jouais à la guerre. J'étais un officier qui demandait à ses troupes, Bouli, de monter à l'assaut des défenses adverses. J'étais armé d'une vieille carabine de foire, sans percuteur ni levier d'armement mais qui avait le mérite de ressembler à une vraie arme de commando. Nous gagnions à chaque fois. Malheureusement, les murs calcinés qui m'attiraient et me terrorisaient à la fois tombèrent sous les coups de boutoir d'une pelle mécanique. Des imbéciles venaient de détruire mon meilleur terrain de jeu.

Parfois, Papa venait se joindre à nous. Il prononçait alors le mot qui mettait Bouli en transe: cache-cache. Il le maintenait par les pattes de devant pendant que j'allais me cacher dans le parc, derrière des blocs de pierre effondrés, en haut d'un arbre... Rien n'y faisait, il me trouvait toujours du premier coup.

J'aurai aimé partager ces jeux et d'autres avec un copain, une copine, un frère ou une sœur.

Ce sentiment d'enfermement et de mal être, je l'éprouvais même à l'école. Pour vaincre cette solitude ressentie, je m'étais créé un monde irréel où j'étais bien évidemment le héros. Héros, je ne l'étais sûrement pas en classe.

L'école des garçons de Ribérac fut construite à la fin du XIXe siècle. Du bâtiment central à étage, deux ailes s'ouvraient, l'une côté nord l'autre côté sud. Les salles de classes s'ordonnançaient du CP au nord au CM2 au sud. Derrière, la cour de l'école était entourée d'un grand mur et au fond se trouvait le préau, objet de mes peurs. A la récréation, les instituteurs parfaitement alignés arpentaient le bitume d'un mur à l'autre avec la précision d'un métronome. Ils avaient une vue générale sur les jeux plus ou moins brutaux des enfants, sauf dans les recoins du préau où les règlements de compte et les brimades pouvaient fleurir en toute discrétion. Un gros dur aimait particulièrement m'envoyer valser. Il n'avait pas beaucoup de difficultés car j'étais épais comme un *ketam*[1]. J'évitais donc ce coin sombre et

[1] Ketam : cure dent en laotien

quand le danger devenait trop important je suivais les instituteurs dans leurs va-et-vient.

Un jour, le gros dur, l'œil méchant et rigolard, fonça sur moi. De peur, j'ai mis mes mains devant et inconsciemment attrapé les revers de la blouse réglementaire qui s'est transformée en kimono. Je me suis baissé en pivotant et, à ma grande surprise, avec l'élan et sans effort, le gros dur a atterri sans ménagement de l'autre côté. Aussitôt, les instituteurs se sont précipités. Le premier arrivé sur les lieux de mon crime fut monsieur Vigier.

– Alors, L., tu te crois toujours le plus costaud mais aujourd'hui tu es tombé sur plus fort que toi. Tache de t'en souvenir !

Puis m'entrainant à l'écart :

– Alain, c'est bien de faire face, mais tu aurais pu lui faire très mal, fais attention la prochaine fois.

J'ai eu beaucoup de peine, des années après, d'apprendre le décès de monsieur Vigier. Il avait compris ma détresse. Avec lui je travaillais car j'avais envie de lui faire plaisir.

Le gros dur avait trouvé une autre tête de turc et moi la tranquillité.

Ce monde imaginaire je le dois à deux personnes : Alexandre Dumas et Pierre Richard Willm. Un dimanche après-midi pluvieux, j'ai eu l'autorisation de regarder la télévision. A cette époque un seul programme était à notre disposition. Bouche bée, je me suis aussitôt identifié à Edmond Dantès dans le film de Robert Vernay, *Le Comte de Monte-Cristo*. Comme un miracle ne vient jamais seul, un gros carton rempli des ouvrages d'Alexandre Dumas me fut donné par un aubergiste ami de mes parents chez qui nous allions après la messe pour les agapes dominicales. Jusqu'à mes dix-huit ans, Dumas et Bouli m'ont accompagné.

Edmond, amoureux fou de Mercédès, me renvoyait à ma solitude monacale, car la gent féminine avait mauvaise grâce auprès de maman. Pourtant j'étais amoureux d'une jeune fille qui se prénommait Dominique. Sa maison, située sur la colline en face de la nôtre, était partiellement cachée par de grands arbres entourant la vaste propriété. Son père, pharmacien, avait des revenus conséquents. Sa grand-mère maternelle, originaire de Tunisie, avait bien connu Fernand à Bizerte, car ils étaient nés tous les deux au début du siècle. Le seul problème et non des moindre venait du grand-père que mon père saluait quand ils se rencontraient à Ribérac en levant son chapeau mais sans lui serrer la main. Ce monsieur toujours impeccablement habillé avait commis une grave erreur aux yeux de Fernand : il avait été ministre des Sports du maréchal Pétain.

Je voyais Dominique le dimanche à la messe. Je lui faisais un sourire, elle me répondait par un sourire. De ma chambre face à sa demeure, je rêvais le soir que la lumière allumée au premier étage éclairait sa chambre où, bien évidemment, elle devait penser à moi. Quarante ans après, lors d'une rencontre professionnelle fortuite, quelques mois avant son décès d'une longue maladie, j'ai osé lui avouer que gamin j'avais une grande dilection pour elle. Elle a beaucoup ri en me faisant remarquer que j'étais un peu long à la détente.

Ma mère m'informa un dimanche que nous étions invités au mariage de Paul, mon parrain, fils d'un ami de longue date de Fernand, Pierre D., maire du petit village de Sigoulès au sud de Bergerac. J'aurais comme cavalière mademoiselle Brigitte de M., fille d'un notaire de Marmande. Sa maman, avant la guerre, avait bien connu Fernand dont elle appréciait l'humour et la joie de vivre. Pour moi, les préparatifs de ce mariage commencèrent par des leçons de bienséance dispensées par Maman. Comment se comporter avec une jeune fille, presque une jeune femme puisqu'elle venait de fêter ses quinze ans. Je commençais à paniquer car je ne pouvais pas soutenir la comparaison. Brigitte, excellente élève avec deux ans d'avance, et moi, mauvais élève avec un an de retard. La date fatidique approchant, les leçons et consignes redoublèrent d'intensité comme mes maux d'estomac. Heureusement, un jour de leçons, ma mère n'ayant pas entendu l'arrivée de Fernand, fut surprise devant son visage fermé.

– Alice, maintenant tu laisses ce petit tranquille !

Il s'approcha de moi, sourit et très calmement résuma la situation hautement anxiogène.

– Alain, c'est un mariage tout simple où de vieux amis vont se retrouver avec leurs enfants pour passer une bonne soirée et s'amuser en toute décontraction.

Ma mère, profondément vexée, se réfugia dans son antre : la cuisine. Le stress diminua un peu.

Quelques années plus tard, muni de mon permis de conduire et de ma Renault 10, j'essayais de couper le cordon ombilical. Engagé comme technicien dans l'armée de l'air, je revenais à Montalivet tous les étés. La villa La Provençale, construite sur des fonds provenant de la vente de l'immeuble du même nom à Bizerte, avait l'avantage de me réserver une partie indépendante de mes parents : chambre et salle d'eau. Mais ma mère veillait.

J'avais à l'époque une petite amie, Sylvie, qui ressemblait à France Gall : petite, blonde, mince, très jolie. Ecoutant sagement les conseils de mon père, je n'invitais jamais une copine à la maison car Alice lui trouvait aussitôt un nombre incalculable de défauts. Malheureusement, elle m'aperçut un jour au marché de Montalivet en charmante et tendre compagnie. Aussitôt elle mena son enquête sur cette pauvre Sylvie. Quelques jours après l'imprudente promenade au marché, en rentrant de la plage, je fus reçu à la maison par des cris et des pleurs. Alice était au bord de la crise de nerfs. Comment pouvais-je faire un tel affront à mes parents en sortant avec une fille dont la mère, femme de ménage, avait eu deux enfants avec deux hommes différents sans se marier !

Cette crise de nerf cessa à la seconde où le docteur G., ami de la famille et médecin chef à Picon, vint nous rendre une petite visite. Il ne put faire autrement que d'entendre une partie des reproches maternels, vu le niveau sonore, et réprimanda vertement maman.

– Alice, maintenant vous arrêtez ! Alain est un homme et votre conduite est inadmissible.

Elle fila dans la salle de bain, se recoiffa et ressortit quelques secondes plus tard avec un large sourire, comme si rien ne s'était passé. J'étais décontenancé et outragé par les propos inqualifiables tenus par ma mère envers Sylvie et sa rapidité à tourner la page.

Pourtant, à neuf ans, j'ai vécu un événement qui aurait dû m'alerter. Le 4 mai 1958, un jeudi matin, le téléphone avait sonné. Rico mon oncle venait de prévenir Fernand du décès d'Emilie. Il prit aussitôt la voiture pour Marignane et l'avion pour Tunis. Maman me fit mettre la tenue des dimanches. Je fus intrigué mais je ne posai pas de question. Alice s'habilla également comme pour aller à la messe et rajouta un voile noir devant son visage. Nous descendîmes la côte de Mangou. Je me demandais pourquoi nous partions si vite et dans cette tenue pour faire des courses ?

En lieu et place des courses eut lieu une promenade au centre-ville de Ribérac, où nous avons rencontré de nombreuses connaissances de maman. A chaque personne croisée, la même scène se produisait. Elle sortait son mouchoir, se mettait à pleurer, expliquait que le décès de sa belle-mère qui la considérait comme sa fille était un drame affreux et qu'elle ne pourrait jamais s'en remettre. Après une dernière étreinte pleine d'émotions et de sanglots, notre balade matinale se poursuivit comme si de rien n'était. Nous avons fait le tour de Ribérac.

De prime abord, ce comportement paraît anormal et digne d'Hollywood, mais je pense sincèrement que maman avait besoin d'évacuer une angoisse latente que les aléas de la vie réactivaient occasionnellement. De sa douloureuse jeunesse ensevelie mais encore vivace, dans sa mémoire elle avait gardé le besoin de se déshabiller verbalement sans jamais évoquer l'essentiel : sa vie. Trop dur de tout garder mais difficile de tout dire.

Elle souhaitait ardemment mon bonheur, mais mon bonheur à son image. Elle n'a jamais essayé de connaître mes angoisses, mes envies ou mes désirs. Pour preuve, Alice avait décidé que je devais épouser Marie-Noëlle, la fille de nos voisins à Ribérac. Elle était très mignonne mais, de savoir les manœuvres en sous-main, je battis en retraite. Aujourd'hui religieuse, elle aide les plus démunis.

*
* *

Sur la route qui me ramène d'Ezzahra à l'hôtel, j'ai le sentiment en pensant à ces évènements parfois forts blessants que j'arrive maintenant à avoir de l'empathie pour Maman. Je garderai toujours une immense tendresse pour ma mère, même si son trop plein d'amour nous a souvent éloignés l'un de l'autre.

Carthage a bien changé ! Les constructions ont fleuri tout autour des vestiges de la cité punique construite sur la colline de Byrsa. Le visiteur est surpris de trouver en ce lieu la silhouette massive de la cathédrale Saint-Louis édifiée courant XIXe siècle à l'emplacement présumé de la sépulture de Louis IX, plus connu sous le nom de Saint-Louis, décédé du typhus en 1270. Elle abrite depuis 1993 un lieu de culture.

Mais comment retrouver la maison de ma tante ? Car bien évidemment le nom de la rue s'est effacé de ma mémoire et, pour compliquer la chose, les autorités locales les ont changées après 1956. Sur une vielle photo elle se situe à côté d'une maison avec un toit en tuiles, matériaux peu usités en Tunisie. Voyant une placette, je gare ma Clio contre le mur d'une maison dont l'ombre fera office de climatisation. Apercevant un monsieur, je m'approche et lui demande en montrant cet ancien cliché aux couleurs un peu délavées si ce toit rouge lui évoque quelques souvenirs.

– Bien sûr, Monsieur, votre voiture est stationnée contre le mur de la maison au toit rouge.

– Merci ! Je n'en reviens pas !

Peut-on parler de chance ? D'intuition ? Peut-être une aide d'Emilie qui doit sourire de là-haut si elle me voit.

Effectivement, à moins de cent mètres en contrebas, à côté d'une maternité, je découvre la maison avec sa grande terrasse ensoleillée. A travers la végétation qui a poussé, je distingue la baie vitrée de la salle de séjour qui occupe plus de la moitié de la demeure. La cuisine et les chambres se répartissent autour de cet espace convivial. Dans mon souvenir je vois d'énormes coussins posés à même le sol qui me permettaient de faire des fortifications.

A quelques mètres du portail s'étendent les ruines de Carthage qui étaient mon terrain de jeu avec les enfants du quartier. Alice ne voulait pas que je quitte le jardin mais ma grand-mère me donnait toujours son aval en ponctuant le « va jouer, mon petit Alain » par « Alice, laisse ce petit tranquille ». Je buvais du petit lait. En effet, les ruines étaient dangereuses à cause des scorpions, serpents, trous, ronces…Que des embûches pouvant provoquer des accidents et maladies avec, bien entendu, des complications.

Maïté, cadette de la famille et de surcroît ma marraine, se déplaçait avec un super scooter de type Lambretta. Derrière Maïté j'étais le roi du monde. Elle roulait vite et plus elle roulait vite plus j'étais heureux. Le port du casque n'était pas obligatoire, le vent dans les cheveux décuplait mon plaisir. Maïté devait parfois être moins heureuse car obligée de se coltiner son cousin de neuf ans pour rendre visite à son petit ami. Pas facile !

Le quartier est désert, pas un quidam avec qui engager la conversation. Ce quartier résidentiel où fleurissent de somptueuses villas habitées par la haute bourgeoisie tunisienne et quelques étrangers ne correspond plus à l'image que j'ai conservé en mémoire, ni aux photos jaunies prises par mon père et soigneusement recollées dans l'album de famille. Je marche au hasard dans ce décor étranger en fredonnant une des chansons préférées de mon père. Il chantait toujours le même couplet.

Que reste-t-il de nos amours
Que reste-t-il de ces beaux jours
Une photo, vieille photo
De ma jeunesse
Que reste-t-il des billets doux
Des mois d'avril, des rendez-vous
Un souvenir qui me poursuit
Sans cesse
Bonheur fané, cheveux au vent
Baisers volés, rêves mouvants
Que reste-t-il de tout cela
Dites-le-moi

Je me décide enfin à visiter les fameuses ruines. Il faut payer une première fois le droit d'entrer, une seconde fois le droit de photographier et dès qu'on a franchi la porte des Tunisiens vous tombent dessus en proposant une visite guidée informelle moyennant quelques dinars. Le plus ancien, interloqué par mon refus, me demande :

– Tu connais ? Tu es déjà venu ?

– Oui, je connais. Je jouais avec mes cousins aux cow-boys et aux indiens quand j'avais neuf ans. Ma tante, madame Costa, habitait à côté.

– Costa, je connais. Pendant des années j'ai travaillé chez eux comme jardinier.

– Le monde est petit !

– Que sont-ils devenus ?

– Le temps a passé et nous ne sommes pas éternels.

– Si je comprends bien, comme nous avons le même âge, il est fort possible que nous ayons joué ensemble.

– Peut-être !

– Je viens avec toi.

Il m'a suivi et nous avons parlé du bon vieux temps. En le quittant je lui ai tendu un billet de dix dinars qu'il a refusé catégoriquement.

– Je ne fais jamais payer un ami.

– Merci beaucoup pour la visite. A bientôt peut-être !

De ce site à l'histoire mouvementée, j'admire la mer toujours d'un bleu azur avec le Boukornine[1] se détachant sur l'horizon qui me donne envie de plonger. Visiter les ruines au zénith n'est pas forcément une bonne idée car il fait une chaleur à décourager un lézard. Le soir et dès potron-minet sont les deux meilleurs moments. Le problème est qu'à ces heures-là le site est fermé.

Sidi Bou Saïd et Carthage sont distants de moins de deux kilomètres. J'en profite pour revoir ce petit village aux maisons d'un blanc immaculé, avec portes et moucharabiehs de la couleur du lapis-lazuli, qui a conservé son charme d'antan. Malgré la fin de la saison estivale, de nombreux touristes flânent à l'ombre des ruelles.

Préférant la solitude, je descends la colline en marchant vers la plage d'Hamilcar pour un petit

---

[1] Massif montagneux qui domine le golf d'Hammamet, de l'arabe tunisien qui signifie « celui aux deux cornes ».

plongeon. Le général Hamilcar Barca, qui est le père du stratège carthaginois Hannibal Barca, vainqueur des romains durant la deuxième guerre punique à Cannes, a donné son nom à cette station balnéaire.

Je retrouve avec plaisir les odeurs et le paysage de falaises rouges dominant la plage. Plage réduite car un port de plaisance a vu le jour, tourisme oblige.

Il faut bien que je réalise que presque un demi-siècle s'est écoulé avant mon pèlerinage. Il est donc impensable de retrouver la Tunisie de me mon enfance. Fernand n'a jamais voulu revenir sur les pas de sa jeunesse, sauf dans ses rêves.

Demain, dernier jour, je décide de me rendre dans un lieu où mes parents ne m'ont jamais conduit : Dougga.

En 1997, l'UNESCO a classé le site de Dougga sur la liste du patrimoine mondial car c'est la ville romaine la mieux conservée de l'Afrique du Nord, contrairement à Carthage, pillée et reconstruite à de nombreuses reprises. Cette cité, édifiée sur une colline en pleine campagne sur plus de soixante-dix hectares, est absolument grandiose. Pour les spécialistes, les monuments datent des époques puniques, numides, romaines et byzantines. A l'entrée, le bureau d'accueil, la buvette, et la barrière datent, eux, de l'époque postcoloniale.

Je suis seul sur la scène du théâtre antique. Il me semble que les comédiens et les spectateurs se sont évaporés sous le soleil pour ne garder que la pierre travaillée par des milliers d'ouvriers. Imitant mon père au Bout du Monde, je déclame les vers de José Maria de Heredia. Mince ! Je ne suis pas seul. Deux couples parlant une langue inconnue prennent place en haut des gradins. Ces intrus me coupent dans mon élan et, très courageusement, je m'éclipse discrètement. Ma carrière d'acteur s'arrête là.

Deux bonnes heures de route séparent Dougga d'Hammamet. La route parsemée de nids de poule demande de la vigilance. C'est la fin du voyage. En conduisant, un vague à l'âme m'envahit et dans ma tête défilent les images de ma vie d'adulte.

Novembre 1967, je m'engage dans l'Armée de l'air. Pourquoi ce choix ? Par défaut sûrement. Interne au lycée de Pau pour continuer mes études ou troufion dans l'armée, le dilemme ! De toute évidence, je devais quitter le cocon familial et Ribérac. L'idée de réparer des avions a certainement guidé mon choix.

Nîmes ! Le midi ! La garrigue inconnue pour moi m'est vite devenue très familière. Le nez au ras des cailloux, il fallait ramper pour attaquer l'ennemi à revers avec des armes sans munitions, même pas à blanc. Pan ! Pan ! T'es mort !

Les classes m'ont aussi permis de découvrir l'humour des militaires. Un sergent-chef blond et un peu rougeaud nous commandait. Son accent du midi était très prononcé, avec une façon bien à lui de rouler les r. Il m'impressionnait car sur sa manche trônait l'insigne des commandos.

Alignés dans la cour d'honneur, le matin aux aurores, nous attendions les ordres.

– Garde à vous ! Ceux qui savent conduire lèvent la main.

Je lève la main, très heureux de montrer ma compétence. J'ai donc conduit une brouette, toute la journée, pour déplacer avec deux collègues un gros tas de cailloux d'un point A à un point B. Demain, sans doute, un autre quidam le ramènera au point A. Il faut bien occuper le bidasse.

Fort de cette expérience, j'ai refusé catégoriquement d'aller chercher la clef du champ de tir. J'ai dix-huit ans et ne suis plus un petit lapin de trois semaines. Le week-end suivant, j'ai vu partir en permission mes copains pendant que je balayais la cour. Il y avait effectivement une clef pour ouvrir le portail du champ de tir.

Le pas de tir au pistolet mitrailleur était composé d'un gros tas de sable coincé entre deux murs. Un câble d'acier tendu permettait d'accrocher six cibles. Comme par hasard, je me suis trouvé dans le groupe des six premiers. Le dernier à droite.

– A mon commandement ! hurla le sergent-chef. Pour un tir de 20 cartouches en courtes rafales, feu !

Un peu anxieux, je presse pour la première fois la queue de détente de la MAT 49. La rafale de cinq ou six cartouches me déséquilibre un peu et la dernière balle vient pulvériser le crochet mural du câble d'acier. Toutes les cibles s'écroulent, au grand désespoir du sergent-chef qui reprend ses esprits pour me passer un savon. La séance de tir venait de se terminer faute de cibles. Nous avons donc troqué les armes pour les balais. Balayer un champ de tir, c'est passionnant. En catimini, certains camarades se sont exprimés sur mon exploit : « Vraiment, Alain, t'es trop con ! »

Moi qui voulais passer inaperçu, c'était foutu !

Après les classes à Nîmes et l'instruction technique à Rochefort, je suis nommé pour mon premier poste à Saint-Dizier, la « patrie des braves gars », nom donné aux habitants de Saint-Dizier pour leur bravoure par François 1er, en lutte contre Charles Quint. Les habitants de cette ville de Champagne se dénomment depuis cette époque, par déformation, *bragards* et *bragardes*. Parti seul, je revins en Gironde sept ans plus tard avec une famille.

J'ai très vite compris que mon avenir ne se trouvait plus dans l'armée et ai décidé de reprendre mes études. Pas facile le soir après le travail de se rendre à la faculté de droit en plein centre de Bordeaux, de réviser le week-end et faire les devoirs avec une famille qui s'est agrandie. Après quatre longues années de cours du soir et une année par correspondance, examens et concours en poche, je suis admis à la préfecture de la Gironde.

Devant la chef du personnel qui avait mon dossier depuis un mois, j'attendais mon affectation. J'étais serein, avec ma formation juridique, aucune difficulté pour le reclassement.

– J'ai étudié votre dossier, vous avez une formation technique militaire niveau BTS.

– Effectivement.

– Bon, dans ce cas vous devez aimer les chiffres.

Je bredouille un *oui* car je ne voyais pas où elle voulait en venir.

– Donc si vous aimez les chiffres, vous serez comptable au service social.

Mon dieu, elle ne va pas me refaire le coup de la brouette ?

Si, l'administration préfectorale a osé. Je ne l'ai jamais regretté. J'ai fait la connaissance ce jour-là de ma chef de service, madame Jacqueline B., une personne admirable, compétente, disponible, intelligente, qui a guidé ma carrière. Elle m'a toujours soutenu et défendu. A cette époque, ce service gérait des centres de vacances au travers d'une association comprenant des délégués syndicaux de la préfecture, du département et surtout de la police. J'ai compris bien vite l'expression *panier de crabes*. Des crabes avec de très grosses pinces.

A l'opposé, le secrétaire général de la préfecture ne me portait pas dans son cœur. Cela tombait bien, moi non plus. Dès son arrivée, il a fait l'unanimité contre lui, à l'exception de certains fonctionnaires spécialistes en ronds de jambes et flagorneries.

Sortant de son bureau, le ventre en avant et les mains sur les hanches, il interpella devant moi sans aucune gêne sa secrétaire : « Alors, la grosse est encore en retard !» Il s'agissait d'une directrice un peu forte qui, ayant entendu ces propos insultants, est repartie dans son bureau en pleurant.

Je suis resté neuf années dans ce service mais comme la guerre était déclarée entre moi et le secrétaire général, j'ai choisi de quitter la préfecture pour le département. Ma demande a mis en fureur ce haut fonctionnaire. Il m'a traité de traître et a fait des pieds et des mains pour m'empêcher de partir. Moment difficile de ma carrière. Certains collègues en ont profité pour me savonner la planche. Toujours sympathique, un coup de poignard dans le dos.

Heureusement, Jacqueline, qui occupait un poste important à Paris, a pu plaider ma cause auprès du ministre de l'Intérieur. Le lendemain, j'obtenais ma mise à disposition.

Après un passage éclair au comité départemental du Tourisme, j'ai atterri dans un service chargé de la gestion du Domaine public maritime, concédé au département suite aux lois de décentralisation des années 1980. Le remembrement des ports ostréicoles n'est pas chose facile. Comment faire comprendre à un ostréiculteur retraité, qui a passé toute sa vie à travailler dans sa cabane, qu'il doit laisser la place et l'abandonner ? Si le sol fait partie du domaine public, la cabane, qui doit être en principe démontée, est souvent transférée au nouveau titulaire moyennant quelques euros. C'est illégal au regard de la loi mais impossible de faire autrement sans déclencher une levée de boucliers.

J'ai beaucoup d'anecdotes mais celle qui restera dans ma mémoire s'est déroulée au printemps 1995. A l'époque je tenais une permanence dans une cabane ostréicole aménagée en bureau sur le port de la passerelle à Gujan-Mestras.

Un grand monsieur distingué d'un certain âge, aux cheveux blancs et en costume trois pièces, entre et se met au garde à vous. Je l'invite à s'asseoir, il refuse.

– Bonjour, Monsieur Carponsin.

– Bonjour, Monsieur P.

– Permettez-moi de me présenter.

– Ce n'est pas la peine, je vous connais bien !

– Non, vous ne me connaissez pas ! Mon nom est marqué en lettres de sang dans l'histoire française.

– Ah ?

– J'ai été condamné à mort puis gracié.

J'ai envie de sourire mais je reste concentré. Vu son âge, ce brave homme a-t-il pu faire partie de la Milice de Darnand, de la division Charlemagne ou de la LVF ?

– Connaissez-vous Mitterrand ?

Il prononce Mittrand.

– Bien sûr.

– Je n'aime pas Mittrand, mais il m'a redonné mon grade de capitaine et ma retraite.

– Il a fait preuve de mansuétude.

– Oui, peut-être. Mais connaissez-vous aussi mes quatre grands amis ?

Comment pouvais-je connaître ses quatre grands amis ?

– Désolé, Monsieur P., mais j'en ai aucune idée.

– Eh bien je vais vous les citer. Il s'agit des généraux Challe, Salan, Jouhaud et Zeller.

– Je vois.

– Devinez maintenant qui était l'artificier chargé des attentats d'Alger ?

– Je pense deviner.

– Alors, votre cabane, je peux la faire sauter !

– Sans problème, si cela peut vous apaiser, mais prévenez moi avant car je veux bien mourir pour la patrie mais de mort lente.

Je me suis alors levé pour continuer cette discussion ubuesque.

– A mon tour je me présente.

– Vous êtes bien le fonctionnaire départemental chargé des ports et du remembrement ?

– Oui. Mais je suis également un ancien adjudant de l'Armée de l'air. Quinze ans de service !

Aussitôt, sur son visage taillé à la serpe qui me faisait penser à Noël Roquevert, un sourire est apparu. Il m'a tendu la main.

– Mes respects, Mon Adjudant !

– Mes respects, Mon Capitaine !

Il s'est enfin assis et nous avons continué cette discussion d'un ton badin. A la fin de cet entretien, il a signé sans difficulté le document d'abandon de sa cabane.

Les ostréiculteurs du port de La-Teste-de-Buch n'ont toujours pas compris pourquoi ce monsieur qui voulait mettre le feu à sa cabane le matin devant les journalistes l'abandonnait sans contrepartie l'après-midi.

En 2010, j'ai dit adieu aux ports ostréicoles pour prendre ma retraite. Je n'oublierai jamais les personnes qui m'ont aidé au conseil général durant plus de vingt ans : Andrée, Yves et Catherine. Ils se reconnaîtront.

*
* *

Le vendredi 17 novembre 1978 restera gravé dans ma mémoire. A cette époque j'initiais les mécaniciens, pilotes et navigateurs au fonctionnement du Mirage IV dans le domaine contrôle vol et contrôle moteur à la base aérienne de Mérignac. Avec mes collègues, nous avions pris l'habitude de déjeuner rapidement pour nous retrouver autour d'une table de billard français. J'ai vu arriver L. Il s'est approché de moi. Mon pauvre Alain, tu viens de perdre ton père. Tu peux partir sur le champ, on s'occupe de tes stagiaires, le capitaine a été prévenu.

Tout s'arrête, plus rien n'a d'importance, un vide immense m'envahit. Depuis l'âge de dix ans j'attends la mort de mon père. A l'école les autres enfants n'arrêtaient pas de se moquer de moi car j'avais un papa aux cheveux blancs donc très âgé. La grande faucheuse se délecte particulièrement des vieilles personnes. Un camarade de classe m'a demandé si mes parents avaient connu l'âge des cavernes. Bêtement, j'ai relaté cette anecdote à Papa, qui a beaucoup ri. Je n'ai certes plus vingt ans mais, sauf si ma mémoire me fait défaut, je n'ai jamais eu de relations amicales ou professionnelles avec monsieur de Cro-Magnon.

La mort me fait très peur par le vide qu'elle crée. Je ne pourrai plus le regarder, boire ses paroles. Je me remémore les propos de mon père. Plus qu'une discussion, un long monologue entrecoupé par mes questions marquait les relations que j'avais avec Papa. Il parlait peu mais jamais pour ne rien dire, il laissait ce soin à maman.

Etre heureux, très heureux me fait peur, car je connais l'expression favorite de mon père. La roche Tarpéienne est près du Capitole. En 1938 il rencontre Alice, en 1939 la guerre vient à sa rencontre : démonstration imparable. Enfant, adolescent, la roche Tarpéienne représentait le malheur.

Il est allongé, un foulard lui maintient la bouche fermée, c'est horrible. J'ai très mal. Je voudrais pleurer pour libérer cette boule au creux de mon estomac. Ma mère aussi est allongée dans sa chambre. Elle veut mourir.

Je suis lâche, je n'ai pas pu assister à la mise en bière. L'épouse de Jean Grellety est venue. J'ai honte.

Il repose dans le petit cimetière de Bertric-Buré.

La vie reprend.

Avec le temps...
Avec le temps va tout s'en va
On oublie le visag' et l'on oublie la voix
Le cœur quand ça bat plus c'est pas la pein' d'aller
Chercher plus loin faut laisser fair' et c'est très bien
Avec le temps...

Tu as écrit une belle chanson Léo. Moi je n'ai rien oublié, avec le temps j'ai moins mal.

La vie a repris son cours. Un mois après je reçois l'acte de naissance de Maman avec les mentions marginales demandées par le notaire pour la succession. Je lis, ce n'est pas le bon document, Maman n'était pas marié à Octave R. mais à Fernand Carponsin. J'ai un coup au cœur. Ce n'est pas possible ! Je lis à nouveau ces quelques lignes dans la marge : « Mariée le 4 juin 1932 avec Octave R., divorcée par jugement du tribunal civil de Bergerac le 28 août 1940, transcrit le 12 novembre 1940. »

Je ne cours pas, je bondis sur le téléphone et appelle aussitôt ma mère. Elle reste muette jusqu'au moment où je lui demande si j'ai un demi-frère ou une demi-sœur. Elle explose, me traite de tout. Je suis un mauvais fils et si Papa est mort c'est à cause de moi. « Tu n'aurais jamais dû t'engager dans l'armée. Il est mort de chagrin. » Elle raccroche. Je m'assois dans le fauteuil, le souffle court.

Moins d'une heure après cette admonestation, la sonnerie du téléphone retentit. Maman doit s'en vouloir et elle veut sûrement s'excuser.

– Allo ?

– Bonjour, Alain, c'est Jean Grellety. Je viens d'avoir ta mère au téléphone. Elle est calmée. Il faudrait que tu puisses venir demain à Ribérac, j'ai besoin de te parler.

– Pas au téléphone ?

– Non, de vive voix.

– Merci, Jean, je vous remercie pour votre aide.

– C'est tout naturel, j'avais une grande affection et une grande admiration pour ton papa.

– Merci encore, Jean.

– Repose-toi bien ce soir. Tu dois être un peu sonné.

– Un peu beaucoup. A demain, Jean.

Ne pouvant plus patienter, le lendemain à neuf heures je prends la route pour Ribérac.

– Bonjour, Jean, merci encore pour votre intervention auprès de Maman.

– Rentre, assieds-toi. Ce n'est pas de ta faute mais de la leur. Depuis des années je dis à Fernand et à Alice : « Alain va avoir trente ans, il serait temps de lui parler. »

– Tu as appris hier que ta maman avait été mariée avant la guerre avec Octave R.

– Oui, drôle de choc !

– Ton papa aussi a été marié avant la guerre, avec Rose N.

– J'ai des frères et sœurs ?

– Non, selon Fernand, Rose ne pouvait pas avoir d’enfants. Mais ce n’est pas tout.

– Il y a encore un secret ?

– Oui. Ton père a sûrement dû te parler de son ami d’enfance qui l’a suivi depuis Bizerte.

– Bien-sûr .Chaque fois qu’il voulait me donner une leçon de morale, il me parlait d’Albert. Est-il encore en vie ? J’aimerais bien le connaître, il pourrait me parler de Papa.

– Albert n’a jamais existé.

– Comment ça jamais existé ? Il n’a pas pu l’inventer !

– Tout ce que ton père a pu te dire sur la vie d’Albert est la stricte vérité. Albert et Fernand forment une seule et même personne. Il n’a jamais osé te dire la vérité en face alors il a usé de ce subterfuge.

– Je m’attendais à tout sauf à cela ! J’ai l’impression de tomber de Charybde en Scylla.

– C’est la vérité. Ton père et moi étions très proches, je connais toute sa vie.

– Pourquoi Maman a-t-elle dit au téléphone que je suis la cause du décès de mon père ?

Jean sourit.

– Fernand cherchait par tous les moyens à te sortir des griffes maternelles. Il avait tout compris, mais il ne souhaitait pas une confrontation avec Alice. Par le biais de son ami et voisin le colonel F., il a entamé des démarches auprès de l'Armée de l'air. Quand tu es parti pour Nîmes, il est arrivé avec un grand sourire de soulagement dans mon bureau et m'a dit : « Alain vient de couper le cordon ombilical. »

– Je dois souffrir de cécité aigüe !

– Pour te redonner le sourire, une petite histoire de Fernand. Au retour de l'enterrement de sa mère, il s'est arrêté à Toulouse, puisqu'il avait réussi à prendre un vol aller-retour vers Tunis depuis Marignane, afin de rendre une petite visite à Rose.

– Et alors ?

– Avec un grand sourire, il m'a dit : « Ainsi tout change, ainsi tout passe, ainsi nous-mêmes nous passons, hélas, sans laisser plus de trace que cette barque où nous glissons, sur cette mer où tout s'efface. » Les ans avaient eu raison de la beauté de Rose.

– Il est allé revoir Rose après toutes ces années... Avait-il des remords ?

– Je ne pense pas.

– Cette dame a-t-elle des enfants ?

– Je crois que oui. Veux-tu rester déjeuner avec nous ?

– Non, merci, Jean. Maman m'attend.

Entre la maison de Jean et celle de maman, il y a moins de cinq cents mètres. J'arrive complètement sonné et hagard. Maman est très tendue. Elle se tient droite, la tête haute.

– Fernand est mon seul et unique amour, dit-elle.

Puis elle fonce dans la cuisine en me demandant ce que j'aimerais manger à midi.

– Ce que tu as, Maman.

Je n'ai pas faim et mes maux d'estomac ne me quittent plus. Quand je pense qu'un mois avant son décès, nous marchions le long d'un chemin à Montalivet... Le but de la promenade était de sortir Bouli.

– Alain, il faut que je te parle, m'avait-il dit.

– Oui ? As-tu quelque chose d'important à me dire ?

– Dans la famille, un Carponsin décède tous les vingt ans. Auguste en juillet 1938, Emilie en mars 1958, donc si la logique est respectée mon tour arrive avant la fin de cette année.

– Arrête, Papa, il ne faut pas croire à toutes ces superstitions. Un simple concours de circonstances.

– Si l'adage *jamais deux sans trois* se réalisait, promets-moi de ne jamais embêter ta mère. Elle n'est pas facile à vivre mais elle possède d'énormes qualités. Elle t'aime infiniment.

– Je sais, mais c'est un peu pesant.

– Il faut surtout que je te raconte ma vie avant la guerre.

– Non, Papa, cela te regarde et je ne veux rien savoir.

– Alain, pourtant il faut que je te parle !

– Non, Papa, n'insiste pas !

Pourquoi ai-je refusé ce jour-là d'entendre ce que je cherche désespérément aujourd'hui ?

J'ai accéléré le pas. Nous avons continué notre promenade pendant une heure sans plus échanger le moindre mot.

*
* *

Je quitte Maman mais j'ai besoin de marcher avant de prendre le chemin du retour. Je descends la route de Bordeaux et gare la voiture près du jardin public. J'arpente les rues de Ribérac sans but. Je digère.

J'ai découvert récemment une écrivaine qui me touche particulièrement, Annemarie Scharzenbach, ayant vécu comme moi une enfance avec une mère qui l'a couvée à l'étouffer. Elle a fait de sa lutte contre le nazisme une lutte contre l'autorité maternelle. Emancipée toute jeune de sa famille, elle a voyagé à travers le monde. Ella Maillart, voyageuse, écrivaine et photographe suisse, essaya de l'éloigner de la morphine en partant en 1939 au Moyen-Orient avec elle. Annemarie décédera d'un banal accident en 1942, à l'âge de trente-quatre ans. Madame Renée Scharzenbach obligera en 1947 Ella Maillart à supprimer de nombreux passages du récit de cette aventure. Dans le livre *La Voie cruelle*, Annemarie laisse donc la place à Christina. Renée Scharzenbach brûlera de nombreux écrits de sa fille quelques mois après son décès.

Heureusement, de petites pépites ont été sauvées. Dans son livre *Les Amis de Bernhard*, un passage me touche particulièrement : « Pour l'amour de Dieu, un jour ou l'autre il faut bien que vous lui donniez la liberté, sinon ses illusions prendront des proportions gigantesques et il sera détruit par son désir frustré [...] Il est préférable d'être détruit par la réalité plutôt que par la frustration ».

En marchant, je me demande comment j'aurais réagi à l'adolescence. Fallait-il détruire le piédestal parental ? Seul, je ne pouvais me confier qu'à Bouli.

Personne n'a mieux décrit la solitude, ma solitude, qu'Annemarie dans *La Mort en Perse* : « Tout est fade et insipide, et le manque d'envie, maladie affreusement éprouvante, pire que la malaria, niche déjà dans votre dos, dans vos genoux, dans votre nuque. Les mains deviennent moites, parler demande trop d'efforts. Il faut se lever et marcher ! Les battements de cœur s'accélèrent, et on longe le fleuve, en hâtant le pas pour ne pas succomber à la tentation de se jeter par terre et de pleurer à force de lassitude et de désespoir. Non on ne pleurera pas. C'est beaucoup plus grave que cela. On est seul ».

De retour à la voiture, je découvre une contravention délicatement posée sur le pare-brise. J'ai stationné mon véhicule en zone bleue et j'ai omis d'apposer le disque réglementaire. Curieusement, la voiture devant moi, sans disque réglementaire et immatriculée 24, n'est pas sanctionnée. Etonnant !

*
* *

Métro, boulot, dodo. Cette monotonie vécue par beaucoup de gens de par le monde agit sur moi comme un anxiolytique. Je range provisoirement tous ces événements dans un coin de ma tête pour vivre le moment présent.

Comme Alice refuse de quitter sa grande maison impasse de Mangou, cela m'oblige à faire de nombreuses allées et venues entre Saint-Médard et Ribérac. Courageuse, elle reprend enfin des leçons de conduite, indispensables à son autonomie et à sa sécurité. Elle n'a pas conduit une voiture depuis plus de trente ans. En effet, suite à une marche arrière malencontreuse dans un talus, soi-disant à cause de mon chapeau qui aurait bouché l'angle de vision du rétroviseur, Papa avait mis sous verrous les clefs de la 203.

Fière de sa Daf 33 automatique, elle peut faire ses courses sans dépendre de la voisine et surtout monter à Bertric-Buré.

Voulant me dévoiler ses progrès en conduite, elle tente l'action la plus dangereuse pour la voiture : l'entrée dans le garage. Bien dans l'axe, très concentrée, elle fait vrombir le moteur. La Daf 33 bondit et entre dans le garage pour s'arrêter contre le mur du fond. Ce jour-là, le long du mur, avec une muleta j'aurais rivalisé avec Luis Miguel Dominguin.

En 1988, à l'âge de soixante-seize ans, Alice comprend que l'entretien de son castel devient de plus en plus compliqué physiquement et financièrement. Elle décide donc de le vendre pour se rapprocher de moi. Passer d'une grande demeure à un petit appartement au Bouscat n'est pas chose facile. Heureusement, dans son bâtiment neuf qui vient d'être livré, plusieurs personnes de son âge emménagent également. A l'heure du thé, la discussion principale tourne autour des maladies de chacune. Maman sort toujours gagnante à ce petit jeu qu'elle ponctue par un « c'est bien triste » en n'oubliant pas de reprendre une part de gâteau.

La Daf 33 ayant la mauvaise habitude d'exploser régulièrement ses courroies plastiques d'entraînement des roues motrices, Maman casse sa tirelire et s'offre comme beau cadeau une R5 automatique.

Elle est partie plusieurs fois seule à l'aventure. Le trajet du Bouscat à Bertric-Buré et retour dans la même journée, soit deux cents kilomètres de petites routes, n'est pas insurmontable pour tout un chacun en pleine force de l'âge, mais à plus de quatre-vingt ans la fatigue se fait rapidement sentir.

Par une belle journée de printemps, elle décide d'aller nettoyer la tombe de Fernand. En arrivant à Saint-Aulaye, un agent de la maréchaussée lui intime l'ordre de se garer sur le bord du chemin.

– Bonjour, Madame. Coupez-le moteur s'il vous plaît et montrez-moi les papiers du véhicule.

Maman obtempère.

Madame, je vous rappelle qu'il est obligatoire d'obéir aux agents de la force publique.

– Vous voulez sûrement parler des deux faux gendarmes moustachus sur le bord de la route à deux kilomètres de là ?

– Comment ça des faux gendarmes ?

– Oui, j'ai entendu à la télévision que des malotrus se déguisaient en gendarmes pour dévaliser les personnes âgées. Et puis les vrais gendarmes n'ont pas de grosses moustaches.

J'imagine la tête de ce pauvre militaire devant l'aplomb de Maman. Il a tout simplement arrêté la circulation pour qu'elle puisse repartir en toute sécurité. Ils ont dû bien se gausser à la brigade.

*
* *

Je passe régulièrement lui rendre une petite visite. Elle m'examine des pieds à la tête. Si j'ai le malheur de porter un jean ou un tee-shirt coloré comme cela arrive parfois, l'été en vacances, elle m'houspille.

Souvent je l'aide à faire ses courses dans le petit supermarché de la résidence.

Gagné ! Une seule caisse d'ouverte avec une longue file d'attente.

– Alain, je ne me sens pas bien, prononce-t-elle très distinctement pour que l'information arrive jusqu'à la caisse en s'appuyant sur mon bras et en chancelant.

Ce sésame-ouvre-toi nous propulse directement devant la caissière.

– Alain, prends mon porte-monnaie car mes yeux se troublent.

Pendant que je m'efforce de trouver la monnaie d'appoint, Maman lâche mon bras, se redresse et fonce vers madame E. qui déambule dans la galerie marchande.

– Madame E., il faut que je vous parle !

Hilarité de toute la file et de la caissière. Je prends sans ménagement Maman par le bras pour la conduire à l'extérieur du magasin.

– Maman, la prochaine fois que tu te sens mal, tu te sens mal jusqu'à la sortie.

– Ecoute, Alain, la file d'attente était trop longue.

Les dernières années de sa vie furent très difficiles. Ne pouvant plus s'adonner à sa passion, la peinture sur soie, car l'atelier situé au deuxième étage sans ascenseur demandait trop d'efforts à son cœur malade, elle s'est résignée à abandonner ses copines.

La vieillesse est un naufrage. Cette phrase du général qui pensait au maréchal, j'ai pu la vérifier. Dans sa maison de Montalivet où elle passait l'été, Alice était sujette à des sautes d'humeur et à des phobies. Elle était persuadée que des inconnus malveillants venaient, la nuit, lui voler ses fleurs. Elle exigea que je retrouve sa râpe à fromage, râpe évidemment subtilisée par un rodeur. Je n'ai jamais compris qu'elle puisse faire une telle fixation sur cet ustensile de cuisine basique et dangereux d'utilisation pour les doigts. Le plus grave était la chasse aux grenouilles. La nuit elle se levait, réveillée par des grenouilles qui chantaient sous son lit. Malgré tous mes efforts, je ne suis jamais arrivé à attraper le moindre amphibien.

Tous ces maux découlaient des cocktails de médicaments absorbés le soir au coucher. Alice suivait rarement les ordonnances de son médecin traitant et de son cardiologue. Elle préférait de loin sa propre médication, et interdiction formelle de fouiller dans sa trousse à pharmacie.

Maman arrivait généralement fin juin à Montalivet. Je conduisais sa voiture car j'avais trop peur qu'elle occasionnât un accident. Le jardin de la villa La Provençale est bordé par une piste cyclable distante d'un mètre du portail. Je tremblais en pensant au pauvre cycliste qui aurait la malencontreuse idée de se promener au moment où Alice partait faire ses courses. Poussez-vous je sors !

Ses problèmes cardio-vasculaires empirant, il a bien fallu l'hospitaliser. La descente aux enfers.

Pendant quelques mois, les périodes à la clinique se sont succédées à un rythme de plus en plus rapide. Il a bien fallu se rendre à l'évidence, le remplacement de la valve mitrale devenait urgent. Elle a été transportée un lundi matin de la clinique à l'hôpital Haut-Lévêque. L'opération était programmée dans la semaine, j'attendais la confirmation du professeur.

Le jeudi en fin d'après-midi, je rentrais de mon bureau de permanence situé à Gujan-Mestras quand la sonnerie du téléphone portable a retenti.

– Monsieur Carponsin ?

– Oui, bonjour ?

– Professeur X. Voilà, j'ai décidé de ne pas opérer votre maman car à quatre-vingt-dix ans les risques encourus sont trop importants.

– Je ne comprends pas, il y a deux jours vous me disiez exactement l'inverse.

– Je suis désolé. De toute façon elle est en fin de vie. Au revoir, Monsieur.

– Au revoir, Docteur.

Les cardiologues de la clinique ont aussitôt déposé un dossier auprès de l'autre structure médicale bordelaise spécialisée en cardiologie, Saint-Augustin, favorable à l'opération.

Le 7 mai 2002 au soir, soit huit jours après ces évènements, le téléphone retentit dans la maison endormie.

– Je suis le cardiologue de la clinique. Votre maman vient de décéder, elle n'a pas souffert.

Dur, très dur. Je ne soupçonnais pas que la perte d'une mère puisse faire autant de mal. J'ai respecté les vœux de Fernand, je me suis toujours employé à répondre autant que faire se pouvait aux exigences de Maman. Pas toujours facile.

A LA RECHERCHE DU PASSE

Mes parents à Bertric-Buré, moi seul avec mes souvenirs et mes blessures, je pourrais écrire le mot *FIN*.

Non, je n'écrirai pas ce mot car il me semble qu'une petite partie du voile est levée. Je ne veux pas tourner la page et jeter mon enfance au caniveau. Comme Gide, je pourrais dire : « Familles, je vous hais ! Foyers clos ; portes refermées ; possessions jalouses du bonheur ». Je me lance dans la généalogie. Que s'est-il passé pendant les vingt-deux années qui séparent Rethondes de Rethondes ?

Je commence par rassembler tous les documents en ma possession pour les étudier et je fais l'acquisition d'un logiciel de généalogie indispensable pour s'y retrouver.

Première lecture, première surprise ! J'ai souvent entendu Alice répéter qu'à la mort de sa mère, à quatorze ans, elle avait été placée chez sa tante Champernaud. Cela se passait pendant les vacances de Noël 1925.

Mais pourquoi a-t-elle inventée cette histoire ? En effet, sur l'acte de mariage de ma mère avec Octave R. daté du 4 juin 1932, sa mère

Madeleine était présente avec son père Louis. Sa signature paraît au bas de l'acte établi par le secrétaire de mairie de la commune de Villamblard. Madeleine est décédée deux ans plus tard, en 1934.

J'ai un pressentiment. Si pour Drieu la Rochelle« les femmes tuent le passé en le taisant, les hommes en le parlant », Alice a tué le passé en l'inventant.

Fort de ce mystère, je décide de me rendre à Périgueux, aux archives départementales. Je suis accueilli dans la grande salle de lecture par la directrice des archives de la Dordogne.

– Bonjour, Monsieur, me dit-elle à voix basse pour ne pas gêner les chercheurs. Connaissez-vous le principe de fonctionnement ?

– Pas du tout, je débute mes recherches.

– Avant de vous informer des règles en usage dans cette salle, je tiens cependant à vous mettre en garde.

– Me mettre en garde ?

– Oui. Vous allez sûrement découvrir des secrets de famille, des non-dits qui ne sont pas anodins et risquent de vous déstabiliser.

– Je pense pouvoir assumer, merci beaucoup.

Je n’ose pas marcher, pas faire de bruit. Ils étudient de vieux grimoires dans un silence de cathédrale. Certains prennent des photos, d’autres recopient soigneusement des pages entières. Une place m’est attribuée. Je compulse les tables décennales, naissances, mariages, décès, pour retrouver mes aïeux. Avec le nom et la date, je peux vérifier sur les registres des actes d’état civil si ce quidam est un homonyme ou un membre de ma famille. Fastidieux mais intéressant.

Tous les éléments récoltés commencent à s’imbriquer. L’arbre généalogique prend racine et quelques branches apparaissent déjà. Malins les ancêtres : le grand-père, le père et le fils portent le même prénom. Pour corser le tout, ils épousent leurs cousines qui portent également le même nom. Ils doivent bien se marrer de là-haut.

Si je tenais ce curé de Villamblard qui écrivait comme un cochon, je lui infligerais des pages d’écritures. Je suis méchant, car si j’écrivais avec une plume d’oie, je suppose que le résultat serait identique. Les encres et le papier de mauvaise qualité ne facilitent pas les recherches. Ah ! J’oubliais le travail des cloportes très doués pour la dentelle.

Pour ceux qui l'ignorent, les registres d'état civil étaient tenus avant la révolution de 1789 par le clergé.

Pour avancer dans mes investigations, je décide de retrouver mon cousin Serge, le fils de Marie-Louise, seul cousin que j'ai côtoyé dans mon enfance. Nous avons à peu près le même âge. Je commence mon enquête à Villamblard. Les personnes interrogées ont toutes de vagues souvenirs. Parti vivre dans le midi, il reviendrait une fois l'an à la Toussaint. Avant de prendre le chemin du retour, je fais une halte à la mairie. Par chance, une employée municipale confirme les dires en précisant qu'elle l'avait rencontré au cimetière il y a quelques années. S'il n'a pas déménagé, il doit toujours habiter dans la ville de Sète.

J'interroge dès le lendemain les services administratifs de la ville natale de Georges Brassens. Par téléphone, j'explique ma démarche à un fonctionnaire de l'état civil fort compréhensif. Compulsant les listes électorales, il me confirme sa présence sur Sète et me donne son adresse.

Je prends tout de suite la plume pour renouer le contact avec mon cousin.

Mon courrier ne reste pas sans réponse car quelques jours plus tard je reconnais la voix de

Serge au téléphone. Après les échanges de civilités et d'amabilités, je lui dresse un rapide topo de mes recherches et lui demande son avis sur le mensonge de Maman.

– Alice est bien partie en fin d'année 1925 avec Marie-Louise chez la tante Champernaud. Je pense que le grand-père Louis ne pouvait pas subvenir à l'éducation de tous ses enfants. Comme la tante n'avait pas de progéniture, elle fut très heureuse d'accueillir les deux filles. Alice avait quatorze ans et Marie-Louise six ans.

– Maman m'a toujours affirmé qu'elle était partie seule.

– Curieux, mais pourquoi ?

– Mystère !

– Marie-Louise a été emportée par une longue maladie en 2005. Dommage, elle aurait pu répondre à toutes tes interrogations.

– Aujourd'hui tous les enfants de Louis sont partis. J'ai bien peur que les cousins et cousines n'aient jamais entendu parler de ces événements. A cette époque on parlait peu.

– Je le pense aussi.

J'ai renoué avec Serge et suis heureux d'avoir retrouvé ce cousin. Nous nous sommes même rencontrés physiquement à plusieurs reprises. Nous parlons souvent du passé, de nos parents sans éclaircir cette énigme. La raison financière ne me satisfait pas.

Du coté de mon père les recherches sont plus simples car, hormis l'omission de son premier mariage, mes cousines germaines, plus âgées d'une vingtaine d'années, purent facilement retracer son parcours entre les deux guerres. Seul point obscur : la rencontre avec Alice.

Cependant, je fais une découverte.

Dans une grosse mallette contenant des photos, courriers et documents divers, je découvre le carnet d'adresse de ma mère. J'avais complètement oublié cette valise. Soucieux de vider rapidement l'appartement après son décès, sans trier, j'avais jeté pêle-mêle tout ce qui me paraissait important dans l'idée de les compulser plus tard.

Merci, Maman. Je peux reprendre contact avec les enfants de son frère Georges également décédé. Rosemonde, l'épouse de son fils Michel qui a été tué en 1966 dans un accident en service commandé, corrobore les dires de Serge sans pouvoir éclairer ma lanterne.

Je prends donc mon bâton de pèlerin, direction Périgueux.

La salle de lecture des archives départementales de la Dordogne est le centre névralgique où la vérité peut surgir à tout moment, à condition d'effectuer un travail méthodique et réfléchi.

En cette fin d'après-midi, je commence à m'assoupir sur le registre des naissances de la commune de Douville, petit village à quelques encablures de Villamblard. Tiens ! Encore une Chaveroux. Je commence la lecture de l'acte : « Le 25 octobre 1904 à midi, acte de naissance de Odette Augusta Chaveroux, enfant de sexe féminin née aujourd'hui à huit heures au bourg de Douville, des mariés Louis Chaveroux âgé de vingt-deux ans, cordonnier, et de Madeleine Galinaux âgée de vingt et un an. »

Je suis médusé. Je viens de découvrir une sœur de Maman pour moi inconnue jusqu'à ce jour. Pourquoi ?

Le soir même, j'informe Rosemonde et Serge. Ils sont étonnés devant mon ignorance. Effectivement, Maman avait une sœur ainée. Louis l'a chassée de la maison avec interdiction de prononcer son nom. Un drame familial en serait la cause mais il n'y a pas de certitude. Elle aurait eu plusieurs enfants. Selon Rosemonde, une fille d'Odette s'était présentée un jour, quelques années après la mort de son fils Michel. Elle n'avait pas donné suite mais avait noté son nom et son lieu de résidence.

– Allo, Madame Madeleine T. ?

– Oui. Qui est à l'appareil ?

– Je suis Alain Carponsin, le fils d'Alice Chaveroux. Etes-vous la fille d'Odette ?

– Alain ! Ce n'est pas croyable ! J'ai entendu parler de toi par ma sœur qui habite depuis des années à Siorac-de-Ribérac.

– Comment ? J'avais une cousine germaine à moins de dix kilomètres de chez moi ?

– Oui, elle a essayé de joindre ta mère plusieurs fois mais Alice a toujours refusé de la recevoir.

– Mais pourquoi ?

– Mystère !

– Tu habites toujours Ribérac ?

– Non j'ai une maison à Saint-Médard-en-Jalles. Maman a vendu la maison de Ribérac en 1988.

– Peux-tu passer me voir ? Je préfère parler de vive voix avec toi.

Sa petite maison de Pessac est toute pimpante. Son mari qui a des problèmes de santé parle peu, mais Madeleine parle pour deux.

Elle a préparé un dossier avec des documents et une photo de sa mère et de son père Félix. Félix est en tenu de militaire. Odette apparaît avec des traits moins fins que ceux de sa sœur Alice. Elle porte une robe noire mouchetée de blanc avec un collier comprenant quatre grosses pierres serties. Ses cheveux sont tirés en arrière, à la mode de l'époque. Elle pose la main sur l'épaule gauche de son mari. Cette photographie en noir et blanc a dû être prise dans les années 1936-1938. A côté de son père, à droite de Félix, se trouve une dame très brune dans la même posture, qui, compte tenue de la ressemblance, doit être la sœur de Félix.

Elle m'offre un café et me parle surtout de l'accident de son mari Gaby. Mal soigné après avoir chuté d'un arbre le jour de sa retraite, s'est déclaré un cancer que la chimiothérapie et les rayons n'arrivent pas à réduire.

Je prends congé en lui promettant de faire toute la lumière sur la vie de ses parents qu'elle n'a pratiquement pas connus, car elle a été placée très jeune dans une famille d'accueil.

*
* *

En 1898, cela fait plus de trois cents ans que l'empereur germanique Charles 1er, plus connu sous le nom de Charles Quint, a reçu la couronne d'Espagne. Son empire regroupait l'Espagne, les Pays-Bas, les territoires allemands des Habsbourg et surtout les terres et les richesses du Nouveau Monde. On parlait d'un empire sur lequel le soleil ne se couche jamais.

La guerre hispano-américaine d'avril à août 1898 a eu pour conséquences la perte de Cuba et le contrôle des colonies espagnoles, des Caraïbes et de l'océan Pacifique par les Etats-Unis. Ce *desastre del 98* a déstabilisé le pays non seulement politiquement mais aussi économiquement. Les crises politiques, économiques et sociales, ferments de la montée des nationalismes, menèrent le pays à la guerre civile.

Dans le nord de la province pauvre de Soria, Pedro Dominguez attendait avec anxiété que son épouse Simonia mette au monde leur premier enfant. Le 7 novembre 1900 à Notre-Dame del Remedio, commune de Noriercas, naissait un petit garçon : Félix Dominguez.

Comme Noriercas est situé à plus de mille mètres d'altitude, le froid se fait vite sentir. Les conditions de vie sont très dures, il n'y a pas ou peu de travail et nourrir une famille devient une gageure.

L'entrée en guerre de la France en 1914 a été une opportunité pour Pédro. Notre pays avait besoin de charbon pour faire tourner les usines d'armement et les locomotives à vapeur. Comme le Nord était occupé par les Allemands, la production nationale s'est reposée sur les mines du Sud de la France et plus particulièrement les mines de charbon du département du Gard.

Accompagné de sa famille et de maigres bagages, Pédro est arrivé à Gagnières. Habillé de neuf, avec une lampe au carbure, une pioche et une pelle il a aussitôt participé à l'effort de guerre.

Félix a continué sa scolarité dans les écoles de la République en apprenant soigneusement que nos ancêtres étaient des Gaulois. Il est devenu mécanicien.

Un drame devait survenir à Gagnières. La maman de Félix, Simona Dominguez, née Mostaja, décéda subitement, laissant la famille désemparée. Contrairement à Antonio Macahado, le grand poète Républicain mort d'épuisement à Collioure en 1939 qui après la disparition de son épouse Léonor quitta définitivement la province de Soria où il était professeur de français, Pedro décida que la France, qui lui avait donné du travail, devenait sa nouvelle patrie. Il n'avait aucune envie de se retrouver dans les griffes du Caudillo.

La perspective de devenir mineur de fond n'enthousiasmait pas Félix. Fort de son CAP de mécanicien, il a pu trouver un emploi dans une entreprise de transport routier proche de Gagnières. Les camions du début des années 1920 étaient de conception très rudimentaire. Pas de cabines, roues à bandage plein, le grand confort. J'oubliais les pannes qui augmentaient fortement les temps de parcours.

Heureusement, pour les échanges économiques interrégionaux naissants et florissants, le réseau routier et la qualité des chaussées s'améliorèrent très rapidement à la fin des années 1920. Les récents progrès en matière de pneumatiques permirent d'en équiper les camions et d'accroître considérablement leur vitesse. Les pare-brises se généralisèrent, les cabines fermées également, mais la fiabilité n'était toujours pas au rendez-vous.

Félix se retrouva donc coincé avec son bahut un beau jour à Villamblard. Découvrir la pièce défectueuse pour une personne compétente est relativement facile, mais en effectuer la réparation ou le changement relève du parcours du combattant et peut durer plusieurs jours. En premier lieu il faut trouver un téléphone, puis un garagiste s'il en existe dans le patelin et enfin de quoi manger et dormir.

C'est à ce moment que la sœur de Maman, Odette, émue devant les malheurs de ce bel hidalgo, lui proposa le gîte, le couvert et plus si affinités. Je n'ai jamais su si Félix avait trouvé la panne de son camion, mais il venait de trouver l'amour. Les Espagnols ont le sang chaud, tellement chaud que le mariage a été célébré de toute urgence le 14 février 1928, juste avant la naissance de son fils, Louis-Pierre, né le 21 avril 1928. Les commères de Villamblard ont dû s'en donner à cœur joie. Rendez-vous compte, fêter Pâques avant les Rameaux en 1928 !

De cette union sont nés quatre autres enfants. La dernière, Madeleine, le 25 mai 1935.

S'il est français d'adoption, Félix reste avant tout espagnol dans son cœur. Il est très anxieux depuis 1934. La tension politique en Espagne cette année-là est à son comble, avec le soulèvement des mineurs des Asturies que le gouvernement en place réprime dans le sang, et on dénombre plus de mille tués (voire trois mille selon certains historiens). L'éphémère République socialiste asturienne a vécu.

Dès lors, les partisans de la droite et de la gauche se déchirent. Pour les leaders de la droite, notre devoir est d'aller à la guerre civile, il faut en finir avec l'état constitutionnel. La gauche d'obédience communiste annonce la révolution totale, sur le modèle soviétique.

Les esprits sont échauffés, tout le monde est prêt à en découdre, il suffit d'allumer la mèche.

Le Front populaire remporte les élections de 1936. La non-participation de la gauche modérée et le décret d'amnistie au bénéfice des condamnés de 1934 font office de détonateur. Parti du Maroc, Franco, à la tête d'une insurrection militaire, veut reprendre le pouvoir et liquider tous ces gauchistes. Trois ans de guerre et plus de quatre cent mille morts, sans compter les milliers de réfugiés. Parqués dans des « camps de concentration » (terme de l'époque), beaucoup moururent d'épuisement, de maladies et de faim dans le sud de la France. Ces réfugiés sont regardés avec méfiance voire hostilité dans un pays en crise marqué par une certaine forme de xénophobie. Pourtant, ils ne sont pas rancuniers. En 1945, la 9e compagnie de la deuxième DB, surnommée la Nueve, entra la première dans Paris. Elle était composée essentiellement d'anciens républicains espagnols.

Aussitôt, Félix abandonna sa famille pour se mettre à la disposition des républicains.

En France, le Front populaire avait également gagné les élections. Léon Blum voulait aider les républicains, mais sous la pression internationale, surtout des anglo-saxons, il recula. Du matériel a bien été livré, mais ni en qualité ni en nombre, il ne pourra rivaliser avec les tanks et les avions mis à la disposition de Franco par ses alliés, Mussolini et Hitler.

Du monde entier des hommes se révoltèrent contre la montée du fascisme et du nazisme en Europe. La peste brune[1] avait également jeté son dévolu sur l'Espagne. Les brigades internationales venaient de naître.

Blessé au combat, soigné dans un hôpital de campagne, Félix revint en Dordogne retrouver sa femme et ses enfants dans le petit village de Lembras. La médecine ne pouvant rien pour lui, il s'éteint le 10 novembre 1939, entouré par les siens. Louis Chaveroux, présent ce jour-là, signa l'acte de décès.

Odette perd son mari et son unique moyen de subsistance. Elle fait parfois des travaux de couture mais cela ne suffit pas à nourrir cinq bouches affamées. Elle demande de l'argent à son

[1] Surnom donné pendant la Seconde Guerre mondiale au nazisme par analogie à la couleur des chemises des SA. Ce surnom qualifie le nazisme comme une maladie politique contagieuse et infectieuse.

père et à ses frères et sœurs. La France est en guerre depuis le 3 septembre et les préoccupations des uns et des autres sont bien éloignées de celles d'Odette. Odette perd pied, elle n'assume plus rien, personne pour l'aider moralement et matériellement ; elle sombre. C'est le début de la descente aux enfers.

Le voisinage s'inquiète de voir les enfants livrés à eux-mêmes. Leur mère est souvent absente. Certains prétendent qu'elle s'adonne à la boisson et à la débauche.

Il faut comprendre que les enfants de Louis se connaissent peu. Les deux cadettes, Marie-Louise et Alice, ont été élevées par leur tante et sont mariées, comme les trois garçons. Louis, cantonnier, n'a pas des revenus suffisants pour aider son aînée. Egoïsme ou impossibilité matérielle d'agir ? Peut-être les deux, mais aussi un sentiment de rejet pour certains faits commis par Odette avant son mariage et qui me sont à ce jour inconnus. En effet, il est curieux que Louis ait interdit aux enfants de prononcer son nom.

Odette rencontre en 1941 un monsieur qui sera à la fois son sauveur et son oiseau de malheur. Jean A., qui vient de fêter ses soixante-deux printemps, demande Odette en mariage. Il désire Odette, vingt-six ans plus jeune que lui, mais sans les enfants. Elle accepte, erreur fatale qui la poursuivra toute sa vie. Ils se marient le 25 novembre 1941, quelques mois après sa chute. Le 9 avril 1941, la justice s'invite dans la vie de ma tante. Le procureur de la République demande la déchéance des droits de puissance parentale aux motifs suivants : « Attendu que Chaveroux Odette veuve Dominguez se livre à la débauche laissant ses enfants abandonnés à eux-mêmes, insuffisamment vêtus et dans un état physique déplorable. Attendu que non seulement elle ne se préoccupe pas de leur donner les soins nécessaires mais les incite également à mendier. » Elle sera dispensée de payer une pension. L'assistance publique place les enfants dans différentes familles d'accueil. La famille Dominguez n'existe plus.

Ne pas aider une personne dans le besoin quand les fins de mois sont difficiles, cela peut se comprendre, mais dans le cas d'Odette cela relève de la non-assistance à personne en danger. Le suicide n'est jamais loin de la déchéance morale. Pourquoi Louis n'a-t-il pas levé le petit doigt pour ses petits enfants ? La perte de son épouse en 1934 n'explique pas tout.

Jean décède en 1955, ouvrant plusieurs années de galère pendant lesquelles Odette essaie de renouer avec la famille Chaveroux pour demander de l'aide, en vain. Elle écrira à ses enfants sans plus de succès. On ne peut pas effacer le passé d'un trait de plume.

En 1961 elle se marie à nouveau, mais cette fois-ci avec un monsieur de son âge. Ce fut la période la plus heureuse pour Odette car Raoul était aux petits soins. Elle décédera le 19 juin 1974, à l'âge de soixante-neuf ans.

*
* *

Une question me taraude : pourquoi Louis a-t-il abandonné sa fille ainée et ses enfants ? Je reste persuadé que l'attitude du grand-père a poussé Odette, qui n'avait pas une force de caractère suffisante, à la ruine. Que s'est-il passé avant sa rencontre avec Félix ? Pourquoi ses frères et sœurs ont-ils également fermé leurs portes ?

Pour démêler cet écheveau, je me décide à reprendre mes recherches à Périgueux. Je compulse les archives des journaux de l'époque, entre 1920 et 1928– date de son mariage avec Félix. Rien dans les faits divers.

Je demande à consulter à nouveau les registres des naissances et des décès durant cette période. Un détail m'a peut-être échappé.

Surprise ! Je découvre dans le registre des naissances de l'année 1925 un cousin inconnu :

« Le onze octobre mil neuf cent vingt-cinq à quatre heure est né au chef-lieu de la commune de Villamblard, Pierre, enfant de sexe masculin, de Chaveroux Odette sans profession née à Douville le vingt-cinq octobre mil neuf cent quatre domiciliée au chef-lieu de la commune de Villamblard et de père inconnu (cette mention a été rayée).

Dressé le onze octobre mil neuf cent vingt-cinq à treize heures sur la déclaration de Chaveroux Louis cantonnier, grand-père de l'enfant domicilié au chef-lieu de la commune de Villamblard. » Signatures du maire et de Louis Chaveroux.

En marge se trouve l'annotation : « apparaissant quatre mots rayés nuls ».Annotation contresignée par le maire et Louis Chaveroux

Incroyable ! Personne dans la famille ne m'a parlé de ce petit Pierre. Ni ma mère ni mes cousins et cousines. Je trouve également curieux que le secrétaire de mairie, qui a rédigé l'acte, ait inscrit « né de père inconnu » sans discernement. Dans une petite commune, les langues se délient facilement derrière les rideaux. La rumeur devait courir depuis plusieurs mois. Cependant, le grand-père a fait rayer cette mention. Pourquoi ? Qui était le père ?

Aussitôt, j'examine les registres des décès pour connaître la date de sa mort, un mariage et trouver peut-être une descendance. Je ne cherche pas très longtemps car le même mois, le 26 octobre 1925, je découvre l'acte de décès. Il a vécu quinze jours.

L'acte est contre signé par Maxime Sarlat, instituteur du village. Louis Chaveroux n'apparaît pas, mais la mention « né de père inconnu » est à nouveau écrite noir sur blanc.

Je prends aussitôt l'attache de mes cousines et surtout de Madeleine, fille cadette d'Odette. Elle tombe des nues. Elle n'a jamais entendu parler de ce demi-frère et cette annonce la déstabilise un peu, à mon grand désarroi. Une chape de plomb est tombée sur le petit. Pour Louis, en 1925, cet enfant n'a jamais existé et personne ne doit évoquer ce drame familial.

Je décide de me rendre à Villamblard pour trouver la tombe où il a été inhumé. Si Pierre est inconnu de la famille, il l'est également des archives du cimetière. Cela commence à faire beaucoup. Il ne me reste plus qu'à rendre visite à l'abbé V., curé de la commune. Avec les actes d'état civil, il pourra facilement trouver la date du baptême et le jour des obsèques, sachant que tous les enfants et petits-enfants Chaveroux ont été baptisés.

Je fais un détour par le cimetière en espérant voir sur une pierre le nom de ce petit. Il est situé sur la gauche de la route de Périgueux, à la sortie du village. Au centre se trouve l'espace dévolu à la famille Chaveroux, un coin d'herbe triste avec une croix en bois nue. La secrétaire de mairie de Villamblard m'avait bien précisé, lors de ma dernière visite, que le registre du cimetière contenait la liste des concessionnaires mais pas les noms des personnes enterrées. J'imagine Louis à potron-minet en train de creuser dans le carré de la famille un petit trou pour y déposer Pierre. Atroce.

C'est avec impatience et un peu d'appréhension que je téléphone quinze jours plus tard à l'abbé V.

– Bonjour, Monsieur le curé, c'est Alain Carponsin.

– Oui, j'ai reconnu votre voix.

– Alors, les nouvelles ?

– Euh... rien.

– Comment ça rien ?

– J'ai regardé les registres des baptêmes et des funérailles, rien !

– C'est incroyable que ce petit n'ait pas été baptisé comme tous les membres de sa famille.

– Effectivement. A cette époque le pape Pie XI avait demandé, vu la mortalité infantile, que le baptême soit célébré dans les vingt-quatre heures suivant la naissance.

– Je ne comprends pas. Pas de baptême, pas d'obsèques !

– C'est curieux, en effet.

– Une lourde infirmité à la naissance aurait-elle pu empêcher ce sacrement ?

– Bien sûr que non.

– Merci beaucoup, Monsieur le curé, pour le dérangement. Je vais quand même poursuivre mes recherches.

– Je comprends votre déception mais faut-il, plus de quatre-vingt ans après, soulever les ombres du passé ? Je suis certain que Pierre repose en paix.

– Vous avez sûrement raison. Toute vérité n'est pas bonne à dire.

Le mensonge est bien souvent considéré comme la faute morale par excellence et la religion fait état d'une « sainte horreur du mensonge ». Oui, mais cette règle logique et froide est inhumaine. La vérité peut se dévoiler lentement, cela peut prendre du temps, l'essentiel étant dans le respect d'autrui.

Voilà donc le secret de la famille !

En recoupant les évènements et les dates, je fais une découverte. Cet enfant, certainement non désiré, est né puis décédé le même mois : octobre 1925. Or, à noël 1925, Alice et Marie-Louise étaient placées chez la sœur de leur mère, la tante Champernaud. Placement volontaire ou imposé ?

Toutes les spéculations me passent par la tête. J'ai le pressentiment que cette énigme ne sera jamais résolue.

Je téléphone de nouveau à monsieur le curé de Villamblard.

– Je vous prie de m'excuser de vous déranger à nouveau, mais j'ai besoin d'une réponse à une question qui m'obsède.

– Oui, je vous écoute.

– Ma conviction est que Pierre était sûrement un enfant adultérin, mais si malheureusement, comme cela peut arriver quelquefois, ce petit était le fruit d'un inceste, aurait-il pu être baptisé ?

– Sans aucun problème.

– Merci beaucoup.

Pourquoi un inceste ?

« Pourquoi toujours imaginer le pire ? Parce que c'est plus ressemblant. » (Nietzsche)

« L'inceste fascine et hante les esprits. Il scandalise par son côté scabreux, mais tourmente, suscitant là le discours. Le juriste, lui, a choisi de se taire. Sagesse ou démission ? Que l'on se tourne du côté du droit civil ou vers le droit pénal, transparaît la volonté non déclarée, mais ferme, que l'inceste consommé reste dans le secret des alcôves. » (A. Batteur, *L'interdit de l'inceste, principe fondateur du droit de la famille*).

Une amie assistante sociale à la retraite m'a confirmé qu'il aura fallu attendre des siècles pour que les langues se délient et que la justice mette un terme à une pratique souvent jugée comme un simple abus d'autorité.

Une cousine dont je tairais le nom m'a confirmé à deux reprises que le grand-père lui avait tenu des propos, quand elle était adolescente, qui seraient qualifiés de nos jours de harcèlement sexuel. Mauvaise plaisanterie ou besoin inavoué ?

Dans les années 1960, ma mère aimait bien se rendre chez sa sœur Marie-Louise à Villamblard et moi aussi, pour jouer avec Serge et Liliane. Ma tante cultivait un grand jardin, situé derrière la maison à étage de style cubique, où elle allait cueillir ses légumes et surtout ses fraises. De belles fraises bien rondes et sucrées. De nos jours, j'ai beau chercher, je ne trouve plus le goût des fruits d'antan. Je dois être ringard.

On a dû y aller quatre ou cinq fois puis silence radio. J'avais remarqué qu'un vieux monsieur prenait son repas seul à la cuisine. Après le café, il s'installait sur une chaise à côté du portail pour voir passer les promeneurs. Il ne participait pas au repas familial. La dernière fois que nous sommes allés à Villamblard en famille, au moment de monter dans la 403, après les éternelles bises protocolaires, ma mère avait pris ma main et s'était arrêtée devant ce monsieur.

– Regarde, c'est ton petit-fils !

Etonné d'apprendre si tardivement que cet inconnu au comportement solitaire était mon grand-père, je me suis avancé pour lui faire la bise. Il a levé le bras pour me caresser la joue. A ce moment-là, Alice m'a tiré fortement en arrière.

– Tu ne le toucheras pas !

Sur le moment je n'ai pas compris ce geste. Aujourd'hui, toujours pas. Ou si, peut-être, mais je me refuse à gamberger.

*
* *

Pierre est mort deux fois. Une fois le 26 octobre 1925 de mort naturelle et une deuxième fois par le bannissement voulu par Louis, car cet enfant, même froid, devenait gênant et néfaste pour la famille.

Il a bien réussi son coup, le grand-père, car les cousins et cousines n'ont jamais entendu parler de sa naissance et encore moins de sa mort.

Au décès de Louis, il a bien fallu faire un peu de place au cimetière. Place au jeune en quelque sorte. Serge a assisté à la réduction de corps de la grand-mère. Cette opération qui consiste à déposer dans une boîte à ossements ou reliquaire les restes mortels d'un seul corps permit d'y déposer le cercueil de Louis. En creusant, les employés des pompes funèbres n'ont pas découvert d'autres corps, comme cela peut arriver.

Je me perds en conjectures. Je décide de raconter cette histoire à une amie qui connaît bien la ruralité et la vie au début du XXe siècle, surtout dans sa Bretagne natale.

– Tu te fais des illusions, tu ne sauras jamais le fin mot de cette histoire macabre. Tu ne sais même pas s'il est décédé de mort naturelle.

– J’ai toujours voulu écarter cette hypothèse.

– Elle est plausible.

– Oui, mais elle me dérange énormément.

– Pourquoi ?

– Trop grave. Dur de garder un tel secret.

– Je n’en suis pas si sûr. On ne l’a peut-être pas tué de manière violente mais tout simplement laissé mourir sans soins.

– Arrête !

– Dans cette histoire, tout peut être envisagé. En 1925, les mentalités étaient très différentes de maintenant.

– La réalité pourrait nous étonner par sa limpidité. Un moment d’égarement avec un petit ami, la naissance d’un enfant touché par la mort subite du nourrisson, la rencontre de Félix, cinq enfants, la descente aux enfers, la sanction du juge qui entraîne de facto sa mise à l’écart par Louis... Tout simplement.

– Peut-être. Mais pourquoi pas de baptême, pas de funérailles, pas de tombe, l’abandon des enfants de sa fille par le grand-père ? Pas très catholique pour des croyants !

– Tu as raison.

– Pourquoi Alice et Marie-Louise sont-elles parties chez leur tante juste après ce drame ?

– Pas de réponse, on peut imaginer.

– C'est là le danger.

– J'aimerais bien savoir où ce gamin se trouve pour le faire revivre dans la mémoire familiale. Déposer un bouquet de fleurs sur sa tombe.

– A condition qu'il ait été inhumé.

– N'importe quoi !

– Autrefois il y avait plusieurs façons de faire disparaître les corps, surtout ceux des nourrissons.

– Que faisait-on aux nourrissons ?

– On les donnait à manger aux cochons !

*
* *

Maman disait que sa mère était morte quand elle avait quatorze ans. Je pense que pour elle, son placement avec sa sœur chez sa tante a été une terrible déchirure qui a bouleversé sa vie. Peut-être une explication à son amour débordant pour moi. Elle qui s'était sentie rejetée et en manque d'amour maternel...

Aujourd'hui encore je poursuis mes recherches et ne désespère pas de trouver des pistes pour éclaircir tous ces mystères.

A Saint-Médard

Remerciements

A mes cousines Madeleine et Liliane,

A mon cousin Serge,

A Jean pour toutes les informations qu'il a pu me donner sur la vie de mon père,

A Evelyne pour la correction et la mise en page,

A Marina pour la relecture,

A tous ceux qui de près ou de loin m'ont aidé à écrire cette page d'histoire familiale.

Éditeur : BoD-Books on Demand,
12/14 rond point des Champs Élysées,
75008 Paris, France

Impression : BoD-Books on Demand,
Norderstedt, Allemagne

ISBN : 978-2-322-12222-6

Dépôt légal : mai 2018

FSC
www.fsc.org
MIXTE
Papier issu
de sources
responsables
Paper from
responsible sources
FSC® C105338